KB062345

로크미디어가
유혹하는
재미있는 세상

ROK
MEDIA
로크미디어

이것이 법이다

이것이 법이다 157

2023년 4월 5일 초판 1쇄 인쇄
2023년 4월 10일 초판 1쇄 발행

지은이 자카예프
발행인 강준규

기획 이기헌 왕소현 박경무 강민구 조익현
책임편집 최전경
마케팅지원 이원선

발행처 (주)로크미디어
출판등록 2003년 3월 24일
주소 서울시 마포구 마포대로 45 일진빌딩 6층
Tel (02)3273-5135 **Fax** (02)3273-5134
홈페이지 rokmedia.com **E-mail** rokmedia@empas.com

ⓒ 자카예프, 2015

값 9,000원

ISBN 979-11-408-0291-3 (157권)
ISBN 979-11-255-9575-5 04810 (세트)

이것이 법이다

157

자카예프 장편소설

ROK
MEDIA
로크미디어

CONTENTS

유령이 아니라 사람

혐오는 실체가 없다.

대부분의 혐오는, 특히 대중적인 혐오에는 실체라는 게 존재할 수가 없다.

왜냐하면 혐오는 정치적 목적으로 창조되거나 확대되는 경우가 대부분이기 때문이다.

가령 남녀 갈등의 경우 남자로서, 혹은 여자로서 상대방의 삶을 살펴볼 방법은 없다. 애초에 이성의 삶을 알 수가 없기에 혐오를 뿌린다고 해도 그에 반격할 방법이 없는 것이다.

더군다나 일단 혐오에 경도되면 합리적이고 이성적인 판단은 불가능해진다.

물론 과학기술의 발달로 성별을 바꿀 수 있지만 그건 엄밀하게 말하면 남자에서 여자로, 여자에서 남자로 바뀌는 게 아니라 제3의 성별이 되는 것에 가깝다.

아무리 노력해도 결국 온전한 남자나 여자만이 가능하고 또 불가능한 역할에 대한 유전자적인 문제까지 해결할 수는 없기 때문이다.

"실제로 스포츠 업계도 그 문제로 골치 아픈 모양이더라고요."

고연미 변호사는 자료를 정리하면서 말했다.

"그렇겠죠. 아무리 수술을 하고 여성호르몬을 투여한다고 해도 유전자 레벨의 근력이나 스포츠 능력 차이를 없앨 수는 없으니까요."

"맞아요. 얼마 전에도 육상 선수 중 한 명이 신기록을 세우지 않았어요?"

100미터 달리기에서 무려 1초대 기록을 줄이는 기염을 토한 여성 선수.

문제는 그 선수가 남자에서 여자로 성전환한 선수라는 거다.

당연히 그 문제로 스포츠 업계는 골치를 썩여 왔다.

인정하자니 여성계에서 강하게 항의하고, 인정을 안 하자니 성소수자 업계에서 분노를 토해 내기 때문이다.

결국 공식 기록으로 인정하자, 그 후부터 여성으로 성전환한 남성의 기록이 쏟아지기 시작하면서 스포츠 업계에서 여성의 자리가 위협받는 지경까지 이르렀다.

"내가 검사를 시작할 때만 해도 성별에는 남자와 여자만 있었는데 말이지."

김성식은 혀를 끌끌 차며 말했다.

"트랜스젠더까지는 이해해. 그런데 젠더퀴어, 바이젠더에 안드로진에 뉴트로이스에 에이젠더에 젠더플루이드까지, 이게 다 뭔지도 모르겠네."

"그거 말고도 BDSM도 있어요."

"그건 또 뭐야?"

듣도 보도 못한 단어에 김성식이 고연미에게 물었다.

그런 그에게 그녀는 간단하게 말했다.

"성도착증도 하나의 성적 취향이라고 주장하는 거죠. 성별이 아니라 취향별로 나뉘는 개념이기는 한데……."

"아, 가학성애자 같은 애들?"

"네. 물론 범죄는 아니고 자기들끼리 취향이 맞는 대로 노는 거지만."

어색하게 웃는 고연미 변호사.

"그걸 포함한 포괄적인 개념인 QIAPK도 있죠."

무태식도 피식 웃으며 한마디 거들었고, 또다시 등장한 낯선 단어에 김성식은 눈을 찌푸렸다.

"뭐? 그런 것도 있어? 그건 또 뭔데?"

"퀘스처닝, 인터섹스, 무성애자, 범성애자, BDSM을 통칭하는 말이죠."

"뭐야, 그게?"

"아, 아파치도 있습니다."

"그건 미국 부족 이름이잖아?"

아파치라면 잘 알고 있다. 미국 인디언 보호 구역에서 손 잡은 부족 중에는 아파치족도 있으니까.

영문을 모르는 김성식의 말에 노형진이 피식 웃으며 말했다.

"그게 아니라 자신의 성적 취향이 아파치 헬기라고 주장하는 사람들입니다."

"뭔 개소리야? 그건 아예 무생물인데?"

"너무 많은 성적 구분을 비꼬는 거죠. 그 전에 말씀드린 하늘을 나는 스파게티교랑 비슷한 겁니다."

"복잡하구먼."

김성식은 고개를 절레절레 흔들었다.

하긴, 이제는 옛날 사람인 김성식에게 있어서 이런 급진적인 변화는 엄청나게 혼란스러울 거다.

"아니, 도대체 왜 이러는 거야? 이게 삶에서 중요해?"

"안 중요하죠. 하지만 권력자들에게는 중요하죠."

"뭔 소리인가?"

"결국 권력 놀음이라는 겁니다."

노형진은 혀를 끌끌 차며 말했다.

"물론 구분 자체가 아예 의미가 없는 건 아닙니다. 각자의 성적 취향에 따라 사회적인 충격은 다른 법이고, 정신학적으로는 그에 맞는 치료법이나 상담법 같은 걸 만들어 내는 게 중요하기는 하죠. 하지만 현대사회에서는 사실 그 구분에 큰 의미는 없습니다."

레즈비언이나 게이라고 해서 현대사회의 일원이 아닌 것도 아니고, 사회적으로 더러운 연놈 취급하는 건 일부 나이 먹은 세대들이지 젊은 세대는 관심이 그다지 없다.

정확하게는 '없었다'가 맞다.

"결국 사람의 삶은 똑같으니까요."

성장해서 취업하고 부모를 모시는 게 일반적인 사람들의 삶의 과정이다. 개개인의 성적 취향이 어찌 되었건 그건 개인적인 영역에 들어가는 일일 뿐, 그걸 꼬투리 잡아 쫓아다니면서까지 혐오하거나 고치려고 하는 건 일부 극단주의자 아니면 가족들 정도지 상관없는 남은 아니다.

"막말로 성소수자라고 해도 능력 있으면 쓰는 거고 능력 없으면 자르는 거죠."

"그런데 왜 이따위야?"

"전자는 문제가 안 됩니다. 문제가 되는 건 후자죠."

"후자?"

"네. 전자라면 자를 이유가 없죠. 하지만 후자의 경우, 자르려면 일이 엄청나게 복잡하게 굴러가거든요."

일 잘하는 성소수자에게는 누구도 신경 쓰지 않는다. 하지만 일을 못하고 사고만 치는 성소수자는 회사 입장에서는 잘

라야 하는 직원일 뿐이다.

"문제는, 그때 성소수자라는 게 하나의 권력으로 작동한다는 거죠."

"아, 알 것 같네."

가령 동성애자인 한 회사원이 있다고 치자. 그가 일도 못하고 실수도 많은데 농땡이만 부리며 회사 내 동성 직원들에게 들이대서 분위기를 망치는 사람이라면, 회사에서 그를 가만둘까?

"당연히 회사 입장에서는 자릅니다. 하지만 그 동성애자는 자신이 성소수자라는 걸 무기 삼아 성소수자에 대한 혐오라며 복직 소송을 하죠. 이때 대처하는 게 생각보다 힘들거든요."

"그렇겠네."

근태 기록 같은 걸 확보하는 거야 쉬운 일이다.

하지만 그가 성소수자라서 혐오한 게 아니라는 걸 증명하는 건 어려운 일이다.

"애초에 성소수자에게는 도리어 유리한 게임이니까요."

대부분의 인구는 이성애자다. 그러니 동성애자가 회사 내에서 자신에게 들이대는데 거리를 두지 않을 리가 없다.

당연하게도 그런 기록 자체가 혐오로 포장되어 버린다.

"만일 이성애자가 다른 이성에게 회사에서 그딴 식으로 들이댄다고 생각해 보세요."

"잘리는 것으로 끝나면 다행이겠네."

상황이 심각해지면 성희롱이나 성추행 문제로까지 번지게 되는 거다.

"그러니까 이게 하나의 권력화 과정이라는 건가?"

"맞습니다. 물론 소수의 사람들이 저지르는 일이지요. 문제는 그 소수의 사람들의 행위가 사회 전반에 공분을 일으킨다는 거고요."

성소수자이지만 멀쩡하게 회사를 잘 다니는 사람들도 많고, 그가 성소수자인 걸 알면서도 상관없다고 생각하는 사람들도 많다.

당장 영화 〈반지의 마법사〉로 유명한 배우도 스스로 성소수자라고 밝혔지만 퇴출되거나 하는 일은 일어나지 않았다.

그는 여전히 팔팔하게 연기하고 있다.

물론 그가 사회적으로 인정받는 사람이라 받아들여지기 좀 더 쉬운 자리에 있었다고는 하지만, 현대사회에서 성 소수자가 과거처럼 차별받는 경우는 확실히 줄어들긴 했다.

"성소수자라고 해서 반드시 혐오의 대상이 되는 건 아니죠."

"하긴, 그렇기는 하네요. 과거의 그 성소수자 사건도 그렇고."

"기본적으로 이런 권력은 적대감에 기대어 발생하니까요."

과거에 일어난 성소수자 사건.

그건 성소수자들을 이끌던 놈들이 알고 보니 성소수자를 혐오하는 놈들이었던 사건이다.

그들은 성소수자에게 이상한 행동을 시킴으로써 혐오를 유발하고 그걸 자기들의 권력의 바탕으로 썼다.

"이런 문제는 혐오가 사라지면 자신의 권력도 사라지는 법이니까요. 아시지 않습니까? 효용이 다한 조직은 유지할 이유가 없죠."

"그건 그렇겠네."

한국이 통일된 후에는 통일부를 유지할 이유가 없듯이 말이다.

실제로 한국에 비슷한 사례가 있었는데, 과거 가난했던 시절 지독한 기생충 때문에 국민들이 고통받자 한국 정부는 기생충박멸협회를 만들어서 기생충 박멸에 힘썼다.

그리고 실제로 성공한 후 기생충박멸협회는 자연스럽게 해체되었다.

"문제는 그게 역사상 거의 유일한 자발적 해체라는 거죠."

물론 해체한 곳은 많다. 하지만 대부분 해체'당한' 거지 스스로 해체한 건 아니었다.

"그런 권력자 집단이 많을수록 사회는 혼란스러워지고 분열되기 마련입니다. 중국은 그런 걸 노리는 거고요."

"흠."

"아이러니하게도 중국은 그걸 잘 알기에 강력한 중앙집권을 하는 겁니다. 누구보다 그걸 잘 알죠."

그래서 중국은 절대로 다른 권력 집단을 인정하지 않는다.

중국이 사실상 종교를 인정하지 않는 이유가 뭘까?

그건 이미 한국에서 종교가 권력화되는 걸 봤기 때문이다.

"하긴, 종교뿐만 아니라 뭐든 다 그렇지."

중국은 기업도 좀 성장했다 싶으면 일단 두들겨 패서 힘을
빼앗아 버린다. 권력화되어서 반기를 들 가능성 때문이다.

"황당하게도 그것 때문에 코델09바이러스 방역에 성공했
다는 주장도 있고요."

실제로 중국을 찬양하는 많은 친중파 인물들이 중국이 코
델09바이러스 방역에 성공했다고 주장한다.

강력한 권력을 바탕으로 '봉쇄'했다고 말이다.

하지만 현실을 보면 좀 다르다.

공장은 확실히 멀쩡하게 굴러간다. 중국에서 생산한 물건
은 전 세계로 너무 잘 팔려 나가서, 코델09바이러스 시국인
데도 중국의 무역수지는 흑자다.

그리고 다른 나라라고 해서 봉쇄하지 않은 것도 아니다.

한국 같은 극히 일부를 제외한 대부분의 국가는 도시를 봉
쇄하고 사람들이 집 밖으로 나가지 못하게 막았었다.

"그래서 중국이 이 혐오 전략을 거국적으로 쓰고 있다 이
거군."

"네, 제 조사에 따르면요. 그들은 체계적으로 혐오 인력을
쓰고 있습니다. 그리고 그들에게 세뇌당한 대부분의 사람들
이 거기에 동조하고 있고요."

일부는 남자와 여자를, 그리고 성소수자를 공격하고 사회적으로 그들을 혐오하게 만든 뒤 또다시 그들인 척 가장해서 일반인을 공격하며 혐오를 만들어 낸다.

"중국은 옛날부터 음험하기로 유명했죠. 또한 그들은 인내심이 지독합니다."

한국이 '빨리빨리'의 민족이라면 중국은 '만만디'의 민족이다.

시간이 좀 늦어져도, 좀 오래 걸려도 서두르지 않는다.

"인내심이 뛰어난 건 좋은 거 아닌가요?"

"일반적으로는 좋은 거예요. 하지만 그 방향이 잘못되어서 문제인 거죠. 솔직히 중국의 인내심이 제대로 된 방향성을 가지고 있었다면 아마 진짜로 미국과 제대로 한판 해볼 만큼 성장했을 겁니다."

하지만 그들의 인내심은 제대로 된 방향성을 가지고 있지 않다. 남을 속이고 등쳐 먹는 방식에 더더욱 특화되어 있다.

중국의 속담에 '1등만 할 수 있다면 뭘 해도 된다.'라는 말이 있다. 그게 인내심과 결합했으니 도리어 결론은 근시안적인 방향성을 띠게 되는 황당한 결과가 나온 거다.

"하지만 그게 음모를 짜는 음험한 성향과 결합하면 이렇게 되는 거죠."

노형진은 테이블에 정리된 성소수자 또는 성별 혐오자 집단의 명단을 툭툭 치며 말했다.

"혐오 집단이 이렇게 많을 줄은 몰랐어요."

"좋게 말해서 인권 운동가들인 거지, 사실은 혐오를 뿌리고 다니는 놈들이죠."

"하긴, 자유와 방종은 한 끗 차이지."

자유민주주의 대한민국이라지만 의외로 방종과 자유를 구분하지 못하는 사람들이 사방에 넘쳐 난다.

"그들은 뭘 해도 된다고 생각합니다. 그로 인해 나라가 망한다고 해도요."

단순히 자기 권력을 지키고 주머니만 채울 수 있다면 말이다.

"베트남에서도 그랬지."

북베트남군이 밀려올 때 남베트남 장군들은 미군이 준 무기를 북베트남에 팔아먹기에 여념이 없었다.

어느 정도였냐면, 미국이 무한대로 총알을 주는데도 총알이 없어서 남베트남 병사에게 80발 이상 사용하지 말라는 명령이 내려올 정도였다.

"미국이 베트남에서 발을 뺀 이유 중에는 그것도 있죠. 아니, 사실 그게 가장 큰 이유일 겁니다."

'같은 이유로 아프가니스탄에서 조만간 이탈하고 말이지.'

아무리 들이부어도 결국 그것이 오히려 적을 강화시키는 수단이 되어 버리니까.

국가가 전복되면 자신과 가족들의 목이 날아간다는 생각

을, 그들은 못 한다.

그냥 내 주머니만 채울 수 있으면 나라가 망해도 도피해서 잘살 수 있을 거라 생각하는 거다.

"그런데 이제 중국에서 대혐오 전략을 쓰고 있다는 게 소문났으니 우리도 그에 따른 혐오 전략을 쓰면 됩니다."

이미 모든 준비는 끝났다.

그럴듯한 자료와 그럴듯한 정보들을 혼합해서 마치 이 모든 상황이 중국이 노린 것인 양 꾸며 놨다.

당연하게도 이게 터져 나가는 순간 중국은 핀치에 몰릴 거다. 그들이 하지 않은 것도 그들이 한 것으로 알려질 테니까.

"제가 가장 잘하는 게 바로 선동 아니겠습니까?"

노형진의 말에 김성식은 잠시 생각에 잠기더니 동감한다는 듯 고개를 끄덕였다.

"흠…… 이런 말 하면 욕으로 들리겠지만 확실히 자네가 하는 걸 보면 한국의 괴벨스 같아."

"이번 경우는 칭찬이네요, 후후후."

⚖️

소문이라는 건 참으로 빠르다.

특히나 분노한 사람들에게는 더욱 삽시간에 퍼지기 마련이다.

"야, 인터넷에서 그 소문 들었냐?"

"소문?"

"응. 중국에서 전 세계에 변이 바이러스를 뿌리고 있다고 하더라."

봉쇄된 도시. 두 형제는 소파에 누워서 이야기하고 있었다.

그들의 얼굴에는 걱정 반 분노 반의 감정이 어려 있었다.

그도 그럴 게, 도시가 봉쇄된 후에 출근도 못 하고 먹고사는 것조차도 힘들어진 상황이니까.

마이스터의 긴급 지원이 없었다면 진짜로 굶어 죽었을지도 모른다.

식료품 위주의 지원이지만, 그게 어딘가?

실제로 일부 도시들이 그걸 거부했다가 충격전까지 벌어졌다는 뉴스도 나왔다.

원래 미국은 지방분권이 잘되어 있어서 지원에 대한 선택을 각 지방의 권력자가 결정하도록 되어 있는데, 마이스터를 믿을 수 없다며 거부한 도시의 시장 때문에 결국 세 살짜리 아이가 아사하는 사태가 발생하면서 분노한 주민들이 총을 들고 시청을 습격했던 것.

그제야 시장은 놀라서 다급하게 지원을 약속했지만 이미 마이스터가 더 이상 지원할 여력이 없던 상황이다 보니 언제 그 도시에 지원될지 불확실했고, 결국 얼마 지나지 않아 그는 퇴근길에 누군가에게 살해당하고 말았다.

"갑자기 그게 무슨 말이야? 바이러스를 뿌린다니?"

"누가 인터넷에 글을 올렸는데, 전염력이 높은 변종 바이러스가 왜 중국과 사이가 좋지 않은 나라에만 퍼지냐 이런 의문이 담긴 거였어."

"무슨 소리야?"

"링크 보내 줄게. 봐 봐."

링크는 금방 왔다.

대충 훑어보던 동생은 어이가 없다는 듯 다시 한번 꼼꼼히 확인했다.

"이게 사실이야?"

"사실이야. 다른 곳도 아닌 WHO 공식 발표잖아."

"진짜 그러네. 왜 중국과 사이가 좋지 않은 나라에서만 변이 바이러스가 나오는 거지?"

과학자들은 당연한 일이라고 하겠지만 이들에게는 그 정도 지식이 없다. 당연히 말도 안 되는 이상한 일이라고 생각할 수밖에 없었다.

실제로 나중에 가면 가난한 나라에서 발생한 경우도 있다.

정확하게는, 그 나라에서 발생한 후에 다른 나라로 퍼져서 추적하다 보니 가난한 나라가 나온 것이지만 말이다.

중요한 건 현재 가장 변이가 빠른 곳이 많은 항생제를 쓰는 선진국, 즉 유럽과 미국을 비롯하여 중국과 상대적으로

이것이 삶이다

사이가 좋지 않은 나라들이라는 것이다.

"이런 씨팔. 중국 새끼들 이거 뭐 하자는 거야?"

"이 정도면 전쟁하자는 거 아냐?"

이미 중국에 대해 좋은 감정을 가진 사람들은 없었다.

코델09바이러스가 중국에서 시작되었다는 건 상식이었으니까.

중국은 다급하게 동남아 국가에서 시작된 거라는 둥 한국에서 시작된 거라는 둥 미국에서 뿌린 거라는 둥 온갖 거짓말을 했지만 아무리 그래도 진실을 감출 수는 없었다.

더군다나 미국 내에서 한번 코델09바이러스의 방역을 방해하려고 했던 기록이 있었고, 중국에서 막대한 펜타닐을 미국에 싼 가격에 무차별적으로 뿌리고 있다는 소문도 돌고 있었다.

그러다 보니 정상적인 사람들은 중국을 좋아할 수가 없었다.

그리고 그러한 불편한 감정은 자연스럽게 사람들에게 하나의 확증 편향을 일으켰다.

"이 말이 사실이네. '중국에서 산 물건 하나가 새로운 바이러스가 되어서 당신과 당신의 가족을 덮칩니다.'"

오랜 시간 갇혀서 지내던 두 형제의 눈에 분노가 서렸다.

오랜 시간 집 안에 갇힌 채 똑같은 음식만 먹어야 했다.

아무리 마이스터에서 음식을 지원해 준다고 해도 결국은 일정 품목 안에서만 가능한 일이었다.

당연히 다양성은 애초에 포기해야 했으며, 장기 보관이 가능한 물건들뿐이었다.

그러다 보니 사람들은 알게 모르게 분노로 가득 차 있었다. 그러던 차에 그 분노를 터트릴 수 있는 표적이 생긴 것이다.

"이건 퍼트려야 해."

"진짜 망할 중국 놈들."

어차피 집에 갇혀서 아무것도 할 수 없는 그들이었다.

그들은 열심히 글을 써서 올렸고, 소문은 빠르게 전 세계로 퍼지기 시작했다.

⚖️

그 시각, 한국에서도 중국의 혐오 전략에 대항한 작전이 시작되었다.

혐오는 대부분 실체가 없다.

혐오하는 대상이 눈앞에 존재하면 보통 대놓고 말할 수는 없다.

왜냐, 사회적인 선이라는 게 있기 때문이다.

가령 그 대상인 남성에게 면전에서 대놓고 '한남충'이라는 말을 하며 남성 혐오를 표출한다면?

당연히 사회적으로 매장된다.

회사를 속이고 입사할 수는 있겠지만 결국 회사에서도 어떻게 해서든 그 혐오주의자를 자르려고 한다.

지금은 조직의 책임이 커진 시기다. 내부의 누군가 병신 짓을 하면 그걸 막지 못한 조직이 치명타를 입는 시기인 것이다.

"그래서 인터넷에 혐오가 넘쳐도 그걸 대놓고 말하지는 못하죠."

존재하지 않는 혐오. 그리고 존재하지 않는 증오.

그걸 이용해서 권력을 누리고 돈을 빨아먹는 혐오주의자들.

"그런데 이제는 중국이라는 대상이 특정되었으니까."

정확하게는, 중국이라는 나라의 명령을 받고 대한민국을 혼란스럽게 한다는 느낌이지만.

"중요한 건 그 덕에 이쪽에도 반격 방법이 생겼다는 거지."

송정한은 흡족한 표정으로 고개를 끄덕거렸다.

그동안 저쪽에서 자기들이 혐오하면서도 자기 말을 들어주지 않으면 혐오주의자라는 프레임을 뒤집어씌웠지만, 이제는 이쪽도 매국노라는 프레임을 뒤집어씌울 수 있게 된 것이다.

"그런데 이게 적당한 방법인지 모르겠군."

"걱정되십니까?"

"안 된다고 하면 거짓말이겠지. 강대강의 대결이 아닌가?"

"애초에 혐오는 대화로 풀 수 없는 주제입니다. 대화로 풀

자는 게 가장 병신 같은 말이죠."

일부 이상론자들은 대화를 통해 갈등을 해소할 수 있다고 주장한다.

그건 어느 정도는 맞다. 다만, 그 상황이 문제다.

"그 대화라는 게 시작되는 시점이 언제냐면, 보통 공멸을 시작할 때입니다."

"공멸이라……."

"네, 그 전에는 쌍방 모두 절대로 물러나지 않습니다."

같이 죽기 직전, 문득 이게 아니다 싶은 순간이 온다. 이러다가 다 같이 죽겠다는 그런 공포가 몰려오는 것이다.

물론 그 상황에조차도 자기 권력을 놓치기 싫어서 지랄 발광하다가 다 같이 죽는 놈들도 있다.

"하지만 그나마 다행인 건, 한국에서 이 혐오주의자들이 주류는 아니라는 거죠."

물론 혐오를 이용해서 정치하는 놈들이 있기는 하지만 한국에서 주류는 아니다.

정확하게는 주류 정치 쪽은 지역 혐오와 사상 혐오를 무기로 삼고, 비주류 정치 쪽은 비주류 혐오를 무기로 삼는다.

'나중에는 주류든 비주류든 혐오를 무기 삼아서 휘두르지만.'

그걸 알기에 노형진이 이번 일을 시작한 것이다.

아무리 힘들다고 해도 결국은 고름을 짜내고 상처를 고치지 않으면 온몸이 썩어 갈 테니까.

"그런데 일단 인터넷에 문제는 만들었다지만 이걸로 어떻게 극단적인 방향성을 만들어 내려는 건가?"

송정한은 고개를 갸웃하며 물었다.

"솔직히 말해서 고소와 고발은 효과가 없을 걸세. 혐오 세력에 대한 고소와 고발은 계속 이루어지지 않았나?"

하지만 그들은 언제나 '나를 처벌하면 당신은 혐오주의자'라는 프레임으로 용케 벗어났다.

실제로 경찰과 검찰도 그런 혐오주의자 고소나 고발이 들어오면 곤혹스러워서 사실상 손대지 않는 경우가 많았다.

"법으로는 안 되지요. 하지만 다른 걸로 할 수는 있습니다."

"다른 거?"

"사람은 자기가 정의라고 생각되면 뭐든지 합니다."

"……?"

"그리고 자신이 안전한 곳에 있다면 더더욱 그러지요."

그렇게 말하며 씩 웃은 노형진은 뭔가를 꺼내서 송정한에게 건넸다.

"이게 뭔가? 전략적 인터넷 검색을 위한 계획서?"

"네. 제가 만들 극단적 상황은 바로 인터넷 검색입니다."

"인터넷 검색?"

"네."

"그게 무기가 된다고?"

"네. 생각보다 개인의 정보는 공개되어 있거든요. 젊은 세대일수록 더욱 그렇지요."

인터넷에 지역 갈등이나 정치 갈등의 주요 세대인 장년층이나 노년층에 대한 정보는 의외로 많지 않다. 그들은 인터넷에 익숙한 세대가 아니니까.

하지만 '혐오'하는 자들에게는 인터넷 생활이 사실상 삶의 절반이다.

아니, 거의 전부일 수도 있다. 왜냐하면 실생활에서 그들의 혐오를 받아 줄 인간은 없으니까.

사람들은 실생활에서 대놓고 혐오를 드러내는 놈들이 보이면 슬금슬금 피한다. 엮여 봐야 피곤할 뿐이니까.

"아까도 말했지만 그들은 인터넷의 혐오가 실제의 자신에게 영향을 미치는 걸 원하지 않습니다."

그래서 멀쩡하게 사회생활을 하면서 자신을 혐오와는 상관없는 보통 사람인 척 감추고 다닌다.

"보통 혐오는 SNS를 통해 퍼지죠. 그 안에서도 그들은 가능하면 자기 정보는 감추고요."

"그렇지."

"하지만 의외로 그걸 검색해서 신상을 털어 내는 방법이 있거든요. 이건 그 방법을 체계적으로 설명해 둔 겁니다."

그 말에 송정한의 눈이 커졌다. 그런 방법이 있는 건 전혀 몰랐던 것이다.

"그런 게 가능하다고?"

"의외로 대부분의 사람들은 잘 모르지요."

현대 인터넷은 대부분 검색엔진이라는 것을 이용해서 이루어진다. 당연히 개인 정보에 해당되는 걸 검색엔진에서 찾아본다고 해서 나올 리가 없다.

예를 들어 어떤 미친놈이 인터넷에서 혐오하겠답시고 특정 닉네임을 검색엔진에서 검색해도, 관련 정보를 찾을 수 없다.

"그걸 찾아내는 검색 방법은 따로 있지요."

물론 대부분의 사람들은 그 방법을 모른다.

"아까도 말씀드렸다시피 혐오에는 실체가 없습니다. 그렇기에 중국이라는 실체가 생기고 혐오주의자라는 실체가 생겼다면, 그들을 공격하는 건 어떻게 보면 정당한 복수처럼 보입니다."

"그렇다면 처음부터 그렇게 하면 되는 거 아닌가?"

송정한은 고개를 갸웃하면서 물었다.

굳이 중국과 척지거나 할 이유는 없으니까.

"여기서 모든 걸 다 찾을 수는 없으니까요. 아주 드물게 자신을 정말로 잘 감추는 놈들이 있습니다."

"아! 그들은 중국 스파이로 몰아붙이려는 거군?"

"맞습니다. 아무리 잘 검색해도, 접근할 수 있는 개인 정보에는 한계가 있으니까요."

인터넷에서 검색을 잘하면 직업, 나이, 성별을 알아낼 수 있지만 IP 같은 것에는 접근이 불가능하다.

그러면 이쪽에서는 그냥 해당 계정이 중국에서 만든 가짜 계정이라고 말해 버리면 그만이다.

"극단적 대립이라는 게 이건가?"

"맞습니다. 결국 대화하기 위해서는 먼저 자기가 죽을 수도 있다는 걸 뇌리에 박아 줘야 하니까요."

"하지만 부작용이 생기는 거 아닌가? 보복을 위해 검색하거나."

"걱정하지 마세요. 어차피 그 방법은 금방 막힐 테니까요."

어차피 그런 극단적인 검색은 검색엔진을 운영하는 회사에서 나중에라도 알아차리고 알고리즘을 고쳐서 막는다.

그러니 그때까지 인터넷에 혐오 글을 싸지르게 해서 자기 인생이 드러나게끔 유도하면 되는 거다.

차대동은 언제나처럼 인터넷에 똥을 싸지르고 있었다.

스스로에게는 그건 구국의 글이었을지 모르나 다른 사람들의 눈에는 똥으로 보이기에 충분했다.

−한국이 망하는 건 김치년들 때문이다.

−김치년은 삼일한이다. 삼 일에 한 번 패야 한다.

−김치년들의 투표권을 박탈해야 나라가 바로 선다.

차대동은 근무시간에조차도 일은 안 하고 핸드폰으로 인터넷에 욕설을 쓰기 바빴다.

"뭐가 그렇게 바빠?"

같이 일하던 선배가 돌아보더니 눈을 찡그리며 말했다.

"이 새끼야, 일할 때는 일만 하라고. 핸드폰 좀 작작 보고."

"네, 선배님."

"빨리 안 옮겨? 시간 없는 거 몰라? 신입이라는 새끼가 빠져 가지고."

선배는 계속해서 그를 나무랐다. 그리고 자신의 짐을 들고 창고로 향했다.

"이런 씨팔. 진짜 좀 먼저 들어왔다고 꼰대 짓은. 이게 다 김치년들 때문이야. 김치년들만 아니면 내가 진짜 위대한 사람이 될 수 있는데."

그는 5급 공무원 지망생이었다.

하지만 7년간 공무원 시험에서 떨어졌다.

5급에서 9급으로 눈을 낮췄지만 합격하지 못했다.

사실 그가 떨어진 건 누구의 잘못도 아니었다. 그에게 있어서 공시생이라는 타이틀은 부모님의 등골을 빨아먹는 수단이었을 뿐이기 때문이다.

당연히 공부도 제대로 하지 않았다.

학원을 빼먹는 건 예사였고, 인터넷 강의는 틀어 두고 낮잠 자는 게 일상이었다.

그렇게 7년이 흐르자 부모님은 더 이상 지원은 없다고 선을 그었고, 그는 어쩔 수 없이 작은 중소기업에 취업했다.

그마저도 그의 아버지가 알음알음 부탁해서 얻은 자리였다.

그런데 상황이 그렇게 되자 차대동에게는 분노를 풀어낼 대상이 필요해졌다.

그리고 그건 자연스럽게 여자가 되었다.

여자의 공무원 시험 합격률이 남자보다 훨씬 높았으니까.

당연히 그는 인터넷에 온갖 혐오 글을 배설하면서 자신의 분노를 표출했다.

'김치년들만 아니었으면 내가 5급 공무원으로 떵떵거리면서 살 텐데.'

자신의 실력은 전혀 생각하지 않고 분노만 표출하던 그는 낑낑거리며 짐을 옮겼다.

그런데 얼마 지나지 않아 그의 평범한 일상은 무너지기 시작했다.

"야! 차대동! 너 이 새끼, 뭔 짓을 한 거야!"

차대동이 막 짐을 옮긴 후에 쉬려고 하려는 찰나, 얼굴이 시뻘게진 과장이 달려왔다.

그리고 인정사정 볼 것 없이 차대동의 뒤통수를 후려쳤다.

"네?"

갑작스러운 폭력에 그는 눈이 커졌다.

그런 차대동에게 과장이 분노에 찬 목소리로 고함을 질렀다.

"이 새끼야, 도대체 뭔 짓을 하고 다니길래 회사가 발칵 뒤집어지냐 이거야! 이 미친 새끼! 뭐? 김치년? 삼일한? 이런 미친 새끼가! 야, 우리 회사 화장품 회사인 거 몰라? 그런데 여자를 그딴 식으로 말해?"

생각지도 못한 말이 나오자 차대동의 얼굴은 사색이 되었다.

"과장님, 그게…… 무슨 말씀이세요?"

같이 일하던 선배가 어리둥절해서 되묻자, 과장은 그런 선배에게 분노에 차서 말했다.

"이 미친 새끼가 인터넷에 똥 싸질러서 지금 화난 사람들이 우리 회사로 전화해서 항의하고 난리도 아니다."

"화난 사람들이 전화한다니요?"

"하아~ 시팔. 네가 봐라. 내가 어이가 없어 말이 안 나온다, 진짜."

고개를 흔들며 핸드폰을 건네는 과장.

핸드폰을 받아 들고 캡처된 화면들을 살피던 선배는 기가 막힌 표정으로 불쑥 한마디 내뱉었다.

"이 새끼가 미쳤나?"

"아니…… 선배님, 여기엔…… 오해가…….."

"오해? 미친, 무슨 오해? 씨팔! 낙하산으로 온 거 그렇잖아도 마음에 안 들어 죽겠고 일도 더럽게 못하는데도 그냥 참았는데 지금 뭔 짓을 한 거야, 이 새끼가?"

선배는 기가 막혀서 아무 말도 할 수가 없었다.

"지금 회사 전화가 터져 나간단다. 인터넷에 우리 회사 이름이 공개돼서 난리란 말이다!"

"헉!"

눈앞에 닥친 재앙과도 같은 상황에 차대동은 정신이 혼미해졌다.

최선을 다해서 감췄다고 생각했다.

그런데 자신이 누군지 어떻게 알아냈단 말인가?

"이 미친 새끼, 아오. 저 새끼 아버지 부탁만 아니었어도 안 받아 주는 건데, 병신을 받아 가지고 회사 망하게 생겼네."

과장은 답답한 듯 가슴팍을 팡팡 쳤다.

다른 것도 아니고 여성용 화장품을 만들어 파는 회사다. 유명한 브랜드는 아니지만 그래도 안정적인 수익이 나는 상황이고 자리를 잡아 가고 있다고 생각했다.

그런데 이 미친놈 하나 때문에 회사가 망하게 생긴 것이다.

"당장 튀어 들어와! 사장님이 당장 들어오래."

"사장님이요? 왜요?"

"너 예쁘다고 만나자고 하겠냐, 이 미친 새끼야?"

잔뜩 화가 난 과장의 얼굴.

과연 사장은 어떨까?

과장은 직장인일 뿐이지만 사장은 지금 자신의 회사가 망할 수도 있는 최악의 상황을 맞이해 버렸다.

그런데 과연 좋은 말을 해 줄까?

"……."

"어어어?"

한참 침묵을 지키던 차대동은 갑자기 반대로 뛰기 시작했다.

그는 어떻게 해서든 이 상황을 벗어나고 싶었다.

문제를 해결하거나 사과하고 반성하는 것.

그런 건 차대동에게 없었다.

그는 오로지 한 가지 생각뿐이었다.

'이게 다 김치년들 때문이야.'

⚖

"한남충 운지 했으면 좋겠다고? 네가 그러고도 사람이냐?"

물론 이런 문제는 회사에서만 발생하는 건 아니었다.

가정도 돌이킬 수 없는 강을 건너고 있었다.

"아…… 아니 오빠, 그게 아니야…….."

"아니긴 뭐가 아니야? 나한테 온 글 다 읽어 봤다. 뭐? 틀딱 노친네 운지 했으면 좋겠다고? 한남충 뒈지라고? 지금 그딴 말을 아버지한테 하고, 뭐? 그게 아니라고?"

세 명의 오빠들은 극도로 분노한 상태였다.

그도 그럴 게, 막내라고 금이야 옥이야 키운 여동생이 인터넷에 암으로 투병 중인 아버지를 한남충이라고 부르며 빨리 운지 했으면 좋겠다고 글을 썼으니까.

운지란 일부 인터넷에서 남자의 죽음을 비꼬는 말이다. 쉽게 말해서 나가 뒈지라는 표현이라고 보면 된다.

"그래, 네가 그렇게 바라던 대로 아버지 돌아가니까 그렇게 좋더냐?"

"오빠, 오해야. 그건 그때 잠깐 힘들어서…….."

"힘들어? 뭐가 그렇게 힘들었어? 너한테 병원비를 내라고 했어, 아니면 아버지를 간병하라고 했어? 돈도 우리가 내고 간병도 네 올케언니들이 다 했어. 넌 대학 다닌다고 맨날 술 처먹으러 다녔잖아? 그런데 뭐가 그리 힘들다고 아버지한테 죽으라고 해?"

"아니, 심리적으로 힘들어서 그랬어."

"네가 힘들어 봤자 아버지보다 힘들었겠냐고! 이 미친년아! 아버지 유언이 뭔데! 어! 같이 들어 놓고 뭐? 한남충? 운지?"

아버지의 마지막 유언. 동생을 꼭 잘 부탁한다는 말.

그 말은 세 명의 오라버니에게 남은 마지막 사명이었다.

아니, 그렇게 생각했다.

그런데 그렇게 아버지가 죽은 후에 동생이 인터넷에 남긴 글.

'틀딱 한남충 드디어 운지 했다. 만세!'

"아버지는 널 위해 최선을 다하셨어! 막내라고, 너 하나 끝까지 잘 키우겠다고 그 고생을 하셨다고! 그런데 넌……!"

분노한 큰형이 막내를 때리려고 하자 뒤에 있던 동생이 그런 형의 손을 잡았다.

"놔! 안 놔? 오늘 저년 죽이고 나도 죽을 테니까!"

"그만둬. 조카도 생각해야지."

"씨팔."

"어차피 이제 남남이야. 안 볼 사이니까 그만둬. 남남끼리 얼굴 붉힐 이유도 없어."

"두, 둘째 오빠?"

"오빠라고 부르지 마라. 나한테는 너 같은 동생 없다. 아버지도 한남충이었는데 오라비 따위야 당연히 한남충 아니겠냐. 그러니 여기서 연 끊자."

그는 그렇게 차갑게 말했다.

"당장 우리 엄마 집에서 꺼져. 짐은 내놓을 테니까 가지고 가든 버리든 알아서 하고."

"자…… 잠깐만."

"더는 아무 말도 하지 마라. 너 때문에 우리는 엄마도 잃

게 생겼으니까."

막내딸이 아빠가 죽기를 간절히 기도했다는 사실에 충격을 받은 어머니는 쓰러져서 병원에 입원했다.

아버지가 돌아가신 지 얼마 되지도 않은 세 형제는 이 상황에 분노하지 않을 수가 없었다.

"꺼져."

"오빠, 오해야. 이거 내가 다 설명할 수 있어."

"이 미친년이!"

결국 지금까지 참고 있던 셋째가 나서서 그녀의 머리채를 붙잡고 질질 끌고 나갔다.

"잠깐, 놔! 악, 놔! 놓으라고!"

"넌 내 눈에 다시 띄면 죽는다. 알았냐!"

그는 동생을, 아니 동생이었던 여자를 바닥에 내던지고 문을 쾅 닫았다.

"흑흑흑."

그녀는 뒤늦게 후회하며 눈물을 흘렸지만 가족과 자신의 관계가 돌이킬 수 없는 강을 건넜다는 현실을 부정할 수는 없었다.

⚖️

"인터넷에 난리가 났더군."

"예상대로죠, 뭐."

혐오를 신나게 떠들던 사람들은 검색을 통해 자신의 신분이 드러나기 시작하자 발칵 뒤집어졌다.

회사에 혐오주의자라는 사실이 알려지는 건 그나마 양반이었고, 독한 사람은 혐오 사실을 프린트해서 가족들에게 편지로 발송해 버리기까지 했다.

"좀 극단적인 방법이기는 하지만 말이야."

송정한은 지금 벌어지는 상황을 보면서 쓰게 웃었다.

"하지만 확실히 혐오가 줄어들고 있지 않습니까?"

"확실히 줄어들고 있지."

인생이 조져진 사람들에게는 미안하지만 확실히 인터넷상에서 혐오가 빠르게 자취를 감추고 있었다.

"혐오주의자들이 활개를 칠 수 있는 건 익명으로 보호받기 때문입니다."

그래서 혐오를 뿌리면서 패배감을 감추고 대단한 사람인 양 행동할 수 있었던 것이다.

"특정 사이트 사람들은 더더욱 그랬죠."

그러나 이제는 상황이 바뀌었다.

혐오주의자들에게 당하던 사람들은 기꺼이 상대방의 신상을 털어 댔고, 그걸 공개하기 시작했다.

아이러니하게도 좋게 하지 말라고 할 때는 혐오주의라고 역공하면서 공격을 멈추지 않던 혐오주의자들은 무서운 속도로 인터넷의 글을 삭제하고 있었다.

"하지만 일반인들이 피해를 입지 않을까 걱정되네."

송정한은 걱정스럽게 말했다.

그는 극한의 대립이 이루어지고 둘 다 같이 죽게 생겼다고 생각해야 마침내 대화가 가능해진다는 노형진의 말을 이제야 이해했다.

당장 전쟁만 해도 그렇다.

전쟁 초기에는 절대로 화평이 이루어지지 않는다.

둘 다 싸우다 싸우다 이러다 나라가 망하겠다 싶어야 화평이 이루어진다.

하지만 송정한은 이 혼란스러운 와중에 일반인이 피해를 입을까 걱정이었다.

"뭔가 오해하셨나 보네요."

그런 송정한의 말에 노형진은 피식 웃으며 말했다.

"오해?"

"이건 일반인하고는 전혀 상관없는 일입니다."

"그게 무슨 말인가? 상관이 없다니?"

"지금 인터넷으로 혐오주의자들의 신상을 털어서 신나게 복수하고 있는 사람들, 그런데 정상적인 사람이 그런 짓을 할 수 있을까요?"

"흠…… 그러고 보니 그건 생각하지 못했군. 일반인이라면 그럴 이유도, 시간도 없지."

아무리 코델09바이러스로 거리 두기가 일상화된 상황이라고 해도 시간을 건실하게 보내는 방법은 많다.

당장 인터넷 방송국에 있는 TV 프로그램만 해도 1년 내내 봐도 못 볼 정도로 많지 않은가?

"그런데 과연 그들이 인터넷에서 검색하고 편지 쓰고 전화해 가면서 누군가를 공격하고 있을까요?"

"설마……!"

"네, 인터넷의 함정이죠. 그들은 서로를 죽이기 위해 칼을 휘두르고 있을 뿐, 사실 일반인과는 상관없는 일입니다."

그들은 하루 종일 인터넷에 매달려서 혐오 글을 싸지른다. 그리고 그 글을 소비하면서 점점 증오의 감정을 키워 간다.

"얼핏 보면 그게 여론의 전부인 것 같죠. 하지만 대부분의 사람들은 그런 인터넷 혐오에 관심이 없습니다. 하물며 그런 평범한 사람들이 인터넷에서 누군가의 신상을 털어서 조진다고요? 그럴 리가요."

애초에 범죄의 영역에 들어가는 행동인 걸 그들이 모를 리가 없다.

검색이야 범죄의 영역에 들어가지 않지만 그걸 제3자에게 알리는 행위는 분명 경계해야 하는 선이다.

물론 스스로 싸지른 글이기 때문에 그걸 제3자에게 알리는 행위가 과연 명예훼손에 들어가느냐는 고민을 해 봐야겠지만, 일단은 상식적으로 그런 글을 썼다는 것 자체가 사회적으로 지탄받을 가능성이 크기 때문에 그런 경우 명예훼손이 성립될 가능성이 크다.

"지금 인터넷에서 서로를 물어뜯으면서 싸우는 건 일반인이 아니라 극단주의자들뿐입니다. 다만 인터넷이라는 특성상 그들이 전 국민처럼 보일 뿐이죠."

"아……."

"혐오도 마찬가지 아닙니까? 사실 혐오를 뿌리는 행위 자체가 그 혐오를 퍼트리기 위한 수단이 아닌가요?"

"그렇지."

그렇게 함으로써 저마다 세력을 확장하는 것이 혐오주의자들의 방식이다.

"하지만 이제는 그들에게 서로 상대방을 죽일 수 있는 창을 쥐여 준 거죠."

마치 죽창처럼 너도 한 방 나도 한 방 사이좋게 서로 찔러 대는 것이다. 그 과정에서 누군가 다친다고 해도 결국은 혐오주의자일 뿐이다.

"일반인은 애초에 그 정도로 극단적인 혐오를 하지 않습니다."

한남충이니 김치녀니 하는 단어를 쓰는 이들은 진짜 혐오에 찌들어서 생각이 그쪽으로만 굴러가는 사람들뿐이다.

"하지만 그들이 모르는 건 이 죽창이 서로를 찌르는 무기라는 거죠."

이쪽에서 찌르면 저쪽에 속한 한 명의 인생을 망칠 수 있다. 하지만 반대로 저쪽에서 찌르면 이쪽도 마찬가지로 당할 수 있다.

"하지만 혐오주의자들은 그런 깊은 생각은 못합니다. 그들의 머릿속에서는 나 빼고는 다 적이고, 내가 망한 건 다른 누군가 때문이어야 하니까요."

그들은 오랜 시간을 인터넷의 익명성이라는 가면 뒤에 숨어서 활동했기에 그런 행동이 공멸을 불러일으킬 거라는 사실을 받아들이지 못한다.

아니, 아예 이해 자체를 하지 못한다.

그냥 상대방을 모욕하고 공격하는 데 행복감을 느끼고 있을 뿐이다.

"일종의 핵 같은 거군."

"사회적인 핵폭탄인 셈이지요."

정상적인 사회인이라면 그런 일을 할 이유는 없다. 아니, 할 시간이 없다.

설사 하고 싶다고 해도, 알게 모르게 양심이 그러한 행동에 브레이크를 건다.

"한 사람의 신상을 털어서 그걸 고지하는 것은 절대 쉬운 일이 아닙니다. 시간도 오래 걸리고, 결정적으로 한두 단어만 가지고는 그런 행동이 시작되지도 않으니까요. 애초에 전쟁은 준비 기간이 더 길지 않습니까?"

"하긴, 그건 그렇지."

검색을 통해 상대방을 특정하기 이전에 그 상대방이 얼마나 후안무치한 인간인지 증명하기 위한 기간이 더 오래 걸린다.

그냥 욱해서 쓴 댓글 하나로 상대방의 인생을 망칠 수는 없다.

"오랜 기간에 거친 특정 세력이나 세대에 대한 혐오 증거를 모아서 터트려야 확실하게 이기니까요."

당연하게도 그에 소요되는 시간은 결코 짧지 않다.

"옛날 방식의 싸움 같은 거죠."

"옛날 방식의 싸움?"

"의외로 인류 역사에서 총력전의 역사는 길지 않습니다."

말 그대로 인류 역사에서 총력전의 역사는 그리 길지 않다.

대부분의 싸움은 정해진 계급 내에서 이루어지고 결국 그들 중 누군가가 권력을 차지하는 형태로 유지되어 왔다.

소위 말하는 기사나 사무라이가 그런 계급들이다.

"그럼 그들의 혐오에 대한 우리의 대응책은?"

송정한의 말에 노형진이 빙긋 웃었다.

"이런 말이 있죠. 상대방이 나를 이유 없이 미워하면 그 이유를 만들어 주라고."

다음 계획? 간단하다.

"이제 양쪽 다 병신으로 만들면 됩니다, 후후후."

자강두병

　혐오는 실체가 없다. 그런데 그 혐오로 먹고사는 사람들은 넘쳐 난다.

　그리고 노형진은 이 혐오가 나중에 얼마나 큰 위협이 되는지, 또 중국이 이 혐오를 이용해서 얼마나 효율적으로 국가를 분열시키는지를 알고 있었다.

　그랬기에 혐오를 박멸하기 위해 이번에는 독하게 손쓰기로 했다.

　새론의 회의실.

　새론의 주요 임원들은 회의를 시작했다. 이번 일은 새론의 총력전이나 마찬가지였으니까.

　"자강두천이라는 말이 있지요."

"자강두천?"

김성식은 눈을 찡그렸다.

아무리 생각해도 처음 들어 보는 말이니까.

"내가 사자성어를 많이 알고 있지만 처음 들어 보는데? 자강두천, 자강두천……. 모르겠군."

그 말에 옆에 있던 고연미 변호사가 살짝 웃으며 말했다.

"대표님, 이제는 연세가 있으시네요."

"크흠, 나라고 영원히 젊은 건 아니지 않나? 하지만 아직 치매가 올 정도는 아닌데."

"자강두천은 사자성어가 아니에요. 인터넷 드립이지."

"인터넷 드립이라고?"

"네, 자존심 강한 두 천재라는 의미죠."

"그게 왜 드립이 되는지 모르겠군. 그런 사람은 넘쳐 나는데? 원래 천재란 인간들은 자존심이 하늘을 찔러."

자기가 잘난 걸 모르는 것도 아니고 잘 아는데 자존심을 꺾을 이유가 없으니까.

당장 여기에 있는 변호사들만 봐도 그렇다.

새론에 들어온 변호사들은 누구보다 자존심이 강하다.

그렇다고 갑질을 한다는 뜻은 아니지만 그들은 사회에서도 지도층으로 인정받는 변호사로, 그것도 새론에 들어온, 진짜 상위 1% 정도 되는 사람들이다.

변론 수입 자체는 적지만 마이스터의 투자 지원을 받아서 전관 못지않은 수익을 내는 곳이 바로 새론이니까.

"크흠, 대표님. 비꼬는 거니까 드립인 겁니다. 제대로 표현하자면 자강두병이 맞겠지요."

"자강두병?"

"자존심이 강한 두 병신이라는 말이죠. 그러니까 자기가 옳다고 우기면서 싸우는 두 사람인데, 남들이 봤을 때는 둘 다 병신이라는 거죠."

"아하! 무슨 뜻인지 알겠네."

차마 대놓고 둘 다 제정신이 아니라고 말할 수는 없으니 돌려서 천재라고 말하는 거다. 천재들은 대부분 자신의 능력을 알기에 고집이 장난이 아니니까.

"자강두병이라……. 딱 지금 혐오주의자들의 상황이군."

"맞습니다. 그리고 이번이 그들을 공격할 기회인 거고요."

노형진은 고개를 끄덕거리면서 말했다.

"그런데 어떻게 공격한단 말인가? 나는 여전히 모르겠네. 두 집단이 서로 개싸움을 하기 시작한 거야 모르는 바가 아니지만 말이지."

두 집단은 그동안 공격 대상이 뚜렷하지 않았다.

한남충이니 김치녀니 하면서 존재하지 않는 무형의 존재들을 공격하기 바빴다.

그들은 자신들이 겪는 모든 부도덕한 상황과 실패가 세상이 멀쩡한 자신을 혐오한 결과라고 주장했다.

그러면서 혐오를 세상에 퍼트렸다.

"하지만 이제 서로 공격할 수 있는 죽창을 가졌습니다."

"그건 알고 있네."

실제로 인터넷을 통한 검색과 공격은 생각보다 커지고 있었고 뉴스화될 정도였다.

인터넷을 통해 회사 여직원들에 대한 음담패설을 하다가 고소당하거나 남직원들을 한남충이라고 모욕했다가 잘리는 건 이제 뉴스거리도 되지 못할 정도였다.

실제로 선을 넘은 사람들의 경우는 돌아오는 반작용을 버티지 못하고 자살을 선택하기도 할 정도였으니까.

"그리고 그 죽창은 범죄의 영역에 들어가 있지요."

분명 이미 대중에 공개된 인터넷의 글이다. 하지만 그건 어디까지나 익명성 뒤에 숨어서 쓴 것이었다.

"하긴, 명예훼손 소송이 수십 배가 늘었다고 하더군요."

무태식 변호사도 고개를 끄덕거리면서 말했다.

한국에서 원래 명예훼손 소송이 많은 편이기는 했지만 지금처럼 폭발적으로 늘어난 경우는 없었다.

"그리고 그걸 사회의 대중이 인식했죠."

"말 그대로 자강두병의 상황이군."

"네. 그리고 그걸 혐오하게 하면 되는 겁니다."

"혐오를 혐오하게 한다?"

"혐오주의자를 혐오하도록 만드는 거죠. 그들의 모습을

하나의 정신병으로 만드는 겁니다."

"정신병?"

"사실 틀린 말은 아니죠. 심각한 혐오는 사실 가벼운 피해 망상에 가까우니까요."

노형진의 말에 다들 자신도 모르게 고개를 끄덕거렸다.

"맞아. 피해망상이기는 하지."

정신과적으로 피해망상이란 누군가 자신을 해친다는, 또 는 해칠 거라는 생각에 시달리는 증상이다.

심한 경우 자신을 죽일 거라 생각해서 상대방을 먼저 죽여 버리는 일까지 있다.

"사회적으로 자신을 혐오한다고 생각하고 상대를 먼저 공 격하는 것. 어디서 많이 본 거 아닙니까?"

전형적인 혐오주의자들의 공격이다.

그들은 사회가 자신에게 불이익을 준다고 주장하지만 정 작 그 실체는 없으니까.

"하긴, 그건 그래요."

고연미조차도 고개를 끄덕거렸다.

"심지어 연예인들 중에도 그런 애들이 있으니까."

"그런가요?"

"말도 마세요. 인성이 되지 않은 놈들이 팬들에 대해 말하 는 걸 들어 보면 절대로 덕질 안 하고 싶어질걸요."

"하긴."

실제로 일부 연예인들은 혐오를 대놓고 드러내면서 그게 마치 자랑스러운 것처럼 행동하기도 한다.

"현재 혐오는 사회운동처럼 인식되고 있으니까요."

"그건 그렇지."

　혐오가 안 좋은 건 누구나 안다. 그걸 알기에, 그걸 이용해서 먹고사는 자칭 사회운동가나 정치인은 혐오가 마치 사회운동인 것처럼 포장하는 데 오랜 시간에 걸쳐 공을 들였다.

"그러니까 그걸 제대로 돌리는 거죠. 우리는 그걸 정신병으로 몰아붙이는 겁니다."

"정신병이라……. 확실히 이건 정신병이기는 하지."

"맞습니다. 그리고 이제 그 폐해도 확실하게 드러나고 있으니까요."

　혐오주의자들은 존재하지도 않는 피해를 주장하면서 혐오를 조장했다.

　하지만 노형진이 뿌린 인터넷 검색이라는 죽창 때문에 사회적으로 문제가 발생하고 있었다.

"그리고 이제 사람들은 사회적인 문제를 발생시키는 존재에 대해 당당하게 혐오감을 드러낼 수 있게 되었죠."

　대부분의 사람들은 실체가 없는 혐오에 대해 말을 하지 않는다.

　왜냐, 그들은 그게 존재하지 않는 가짜라는 걸 알고, 그런 의미 없는 싸움이 결국 사회를 분열시킬 거라는 것도 알기 때문이다.

"하긴, 아이러니한 싸움이지."

혐오를 대상으로 싸운다? 그러면 혐오주의자가 된다.

성별 간 혐오에 대항해 싸우면 성별혐오주의자가 되고, 지역별 혐오에 대항해 싸우면 지역별혐오주의자가 된다.

싸우는 행위 자체가 혐오가 되어 버리는 구조적 형태 때문에 사람들은 그 싸움에 아예 끼려고 하지 않는다.

어차피 뭘 해도 자신들은 혐오주의자가 되고 분란만 커지니까.

"하지만 혐오 그 자체가 대상이 되면 이야기가 달라지죠."

도덕적으로도 그리고 사회적으로도 이쪽에 정당성이 인정된다. 더군다나 이미 사회적으로 자살자가 나올 정도로 문제가 심각하다면 공격해도 이상할 게 없다.

"혐오하지 말라는데 그걸 혐오에 대한 혐오주의자라고 할 수는 없군요!"

고연미는 눈을 크게 떴다. 설마 이렇게 확실하게 공격 대상을 특정할 수 있을 거라고는 생각도 못 했으니까.

"네, 맞습니다."

혐오주의자를 정신병자 취급하면서 그 혐오 자체를 공격하자, 이게 노형진의 계획이었다.

"하긴, 혐오 자체를 공격하는 거라면 저쪽은 대응책이 없기는 하지!"

김성식도 좋은 생각이라는 듯 탄성을 질렀다.

사회가 혐오 자체를 정신병으로 인식하기 시작하면 혐오주의자들과 거기에 기생하는 놈들은 혐오 자체를 뿌릴 수가 없다.

물론 사회적인 문제를 제기하는 것은 가능하다.

하지만 특정 대상에 대한 무조건적인 혐오와 적대성을 드러내면 그때는 혐오주의자, 즉 정신병자로 취급될 것이다.

"그러면 어디부터 시작해야 할까요? 솔직히 한국에 혐오가 끼어들지 않은 곳은 없는데."

"당연히 방송이죠. 방송에서 대놓고 혐오를 주장하지 않습니까?"

고연미의 말에 무태식은 당연하다는 듯 말했다.

"아니야. 내가 봐서는 사회단체부터 시작해야 할 것 같은데?"

"음, 둘 다 맞는 것 같지만, 그래도 역시 이런 싸움은 인터넷에서부터 시작해야 하지 않을까요?"

다들 의견이 분분한 가운데 노형진은 씩 웃으며 말했다.

"아니요, 시작점은 학교입니다."

"학교?"

"네."

"웬 학교?"

"학교가 혐오가 가장 빠르게 퍼지고 가장 쉽게 공격 대상이 되는 곳이거든요."

이것이 법이다

"하긴, 어떤 산업이든 어린 계층이 가장 빠른 공략 대상이기는 하죠."

고연미 변호사는 아이돌이었던 시절을 생각하면서 고개를 끄덕거렸다.

아이돌 산업에서도 학생층을 가장 먼저 공략하니까.

실제로 담배 회사에서도 공략에 가장 공들이는 존재가 바로 학생이었다.

지금은 법적으로 막혔지만 과거에는 학생들이 주요 공략 대상이었다는 건 딱히 기밀도 아니었다.

"그리고 학생 세대는 인터넷 활동이 활발합니다. 그들이 제대로 자정을 한다면 인터넷에서 활동하는 혐오주의자들을 박멸하는 데 도움이 될 겁니다."

"좋은 생각이기는 한데 어떻게 하려고? 솔직히 학교가 한두 곳도 아니고 말이지."

김성식은 우려 섞인 목소리로 말했다.

노형진이 아무리 뛰어나다고 해도 결국 한 명이다. 노형진의 스케줄을 생각하면 가서 강연할 시간 같은 건 없다.

애초에 고작 강연 한 번으로 학교 내부에 숨어 있는 혐오주의자들이 박멸될 거라고 생각하기는 힘들다.

당장 강연은 길어 봐야 두 시간이지만, 선생으로 위장한 혐오주의자들은 연 단위로 붙어서 혐오감을 퍼트리니까.

"인간은 지식을 전하기 위해 책이라는 걸 만들었죠."

노형진은 이미 모든 준비를 마친 상태였다.

그는 책 한 권을 꺼내서 책상에 올려놨다.

"혐오가 자식의 인생을 망친다?"

책 제목을 보고 고개를 갸웃하는 김성식.

"부모님들의 가장 큰 걱정은 자식의 인생과 공부죠. 그리고 저는 사회적으로 아주 크게 성공한 사람입니다. 심지어 세계적으로도 어마어마한 영향력을 가지고 있죠. 그런 사람이 방송에 나와서 혐오가 자식의 인생을 망치고 있다고 이야기하는데 걱정하지 않을 부모가 있을까요?"

"아!"

당연히 부모들은 혹 정말로 그런 일이 있지는 않은지 확인하려고 할 거다.

실제로 한국은 교육열이 지극히 높아, 뭔가가 공부에 방해된다고 하면 가장 먼저 부모님들이 들고일어난다.

"그리고 제가 얼굴 팔리는 걸 두려워하는 사람도 아니고요."

노형진은 전면에 나서는 걸 두려워하는 사람이 아니다.

이미 방송에 몇 번이나 나간 적이 있으며, 필요하다면 언론을 적극적으로 이용하는 사람이다.

"그러면 우리는 정신과 의사들하고 접촉해서 준비하면 되겠군."

"제대로 된 사회운동가들하고도 접촉해 봐야겠네요."

다들 직감적으로 자신들이 뭘 해야 할지 알아차렸다.

"이제 한국에서 혐오를 뿌리 뽑을 시간입니다."

⚖

책을 내는 건 어려운 일이 아니다. 한국에서는 돈만 있으면 책을 낼 수 있으니까.

물론 그 책 중에는 진짜 나무에게 미안해지는 그런 것도 많다. 실제로 개와 수간하는 법을 책으로 내려고 했던 미친 놈도 있었으니까.

하지만 노형진이 만든 책은 그런 게 아니었다.

그리고 노형진 정도 되는 사람이 책을 내면 그걸 홍보해 주겠다고 자연스럽게 접근하는 기자들이 있기 마련이다.

"이번 책의 제목이 상당히 충격적인데요. '혐오가 자식의 인생을 망친다.'라는 표현이 무슨 의미입니까?"

책을 소개하는 프로그램인 〈책을 읽는 사람들〉의 PD는 이 기회를 놓칠 수 없었다.

교양 프로그램 중에서도 시청률이 엄청나게 낮은 상황에서, 다른 사람도 아닌 노형진이라는 걸출한 위인이 내놓은 책이다. 더군다나 책의 내용도 뜬금없이 교육이란다.

노형진은 유명한 변호사이자 경제인이다. 그래서 만일 그가 책을 쓴다면 법률이나 경제 관련 서적이 나올 거라 생각했다. 그런데 교육이라니?

그는 직감적으로 대박의 냄새를 맡았고, 읍소하다시피 해서 저자와의 대담 코너를 잡아낼 수 있었다.

　"노형진 씨는 변호사로서도 그리고 경제인으로서도 유명하신 분이죠. 세계적인 기업인 마이스터의 대리인이시기도 하고요. 그런데 교육에 관심을 가지고 계실 줄은 몰랐네요."

　"교육은 백년지대계라는 말이 있죠. 교육이 흔들리면 그 나라 자체가 흔들리는 것으로 볼 수 있죠. 그런데 한국의 교육이 흔들리는 게 제 입장에서는 우려되더군요."

　"한국의 공교육이 문제가 된다는 건가요?"

　"교육정책은 국가의 전문가들이 알아서 할 일입니다. 실제로 한국의 교육열이나 교육정책이 다른 나라에 비해 나쁜 건 아니고요. 미국 같은 나라와 비교해 보면 한국의 교육정책이 얼마나 잘되어 있는지 놀라실 겁니다."

　실제로 미국은 잘못된 교육정책으로 인해 글을 읽지 못하는 사람들의 숫자도 적지 않다. 교육에 돈을 너무 적게 쓰고 있기 때문이다.

　"애초에 이 책, 《혐오가 자식의 인생을 망친다》는 교육정책에 관한 내용도 아니고요."

　"그럼 책의 내용은 뭔가요?"

　"말 그대로 혐오에 대한 경고입니다. 한국은 혐오가 너무 일상화되어 있거든요. 그런데 이게 비정상적인 수준입니다. 그리고 그 혐오주의자들은 그런 혐오를 아이들에게 교육시

킵니다. 그걸 정부에서는 방치하고 있고요."

"혐오란 무얼 말씀하시는 건가요? 성차별적 요소를 말하는 건가요?"

"아니요. 말 그대로 혐오 그 자체입니다. 사실 선생님들에게는 중립 의무가 있습니다. 하지만 그들은 서슴없이 혐오를 이야기하죠. 당장 저만 해도 학교 다닐 때 제 선생님 중 한 분이 '빨갱이'라는 단어를 입에 달고 다니셨습니다. 자기 말 안 들으면 그날로 빨갱이 되는 거고, 계도를 핑계로 하루 종일 상담을 했죠."

"저런."

"그리고 제가 그 빨갱이 중 한 명이었고요, 하하하."

노형진은 대수롭지 않은 듯 웃었지만, 실제로 그런 선생이 있었다.

그의 모든 욕은 빨갱이로 통했고, 자신의 말을 듣지 않는 학생은 무조건 빨갱이라고 지칭하곤 했다.

회귀 이후에 부조리에 대해 반항하던 노형진은 그 선생님에게 있어서는 빨갱이 중에서도 진성 빨갱이였을 것이다.

"문제는 이 혐오라는 게 정상적인 방식의 사회 활동을 막는다는 겁니다."

"혐오가 정상적인 사회 활동을 막는다?"

"네. 혐오는 상대방을 아래로 끌어내리는 방식으로 작동하기 때문입니다."

그 말을 들은 MC는 귀가 쫑긋해졌다.

물론 이미 대본을 봐서 대략적인 내용은 알고 있다. 하지만 그렇다고 해서 자세한 내용을 다 아는 건 아니었다.

저자와의 대담은 말 그대로 즉흥적으로 이루어지는 방식이니까.

정해진 틀에 맞춰서 인터뷰하는 건 저자들의 창의적 답변을 막는다는 PD의 지론이 있어서, 대략적인 내용만 잡아 두고 인터뷰하는 게 일반적이었다.

"자세하게 설명해 주실 수 있을까요?"

"간단하게 말해서 이런 거죠. 현대사회는 무한 경쟁 체재라고 할 수 있죠."

"아, 그 만인의 투쟁인가 그 말인가요?"

만인에 대한 만인의 투쟁이라는 표현은 토마스 홉스가 지은 《리바이어던》이라는 저서에서 나온 말이다.

책의 내용은, 간단하게 말해서 인간은 각자 권리를 가지고 태어나지만 그걸로 무한히 싸우게 되면 결국 질서가 무너지기에 국가라는 강력한 권력을 만들고 일부 권리를 포기해야 한다는 내용이었다.

"그거랑은 좀 다릅니다. 하지만 주변 전부와 경쟁해야 한다는 건, 뭐 비슷할 수도 있네요. 중요한 건 이 혐오라는 게 도태를 기반으로 한다는 겁니다."

"도태요?"

"네. 혐오주의자들은 노력할 이유가 없거든요."

성적이 떨어졌다? 그러면 자신을 차별한 선생을 혐오하면 된다.

원하는 대학에 떨어졌다? 그러면 자신을 차별한 대학을 혐오하면 된다.

입사 시험에서 떨어졌다? 그러면 자기 대신 합격한 누군가를 혐오하면 된다.

"경쟁이라는 건 각자의 노력의 결과물입니다. 물론 한국의 사회가 과도한 경쟁으로 몰려 있는 것은 사실입니다. 그 경쟁을 완화할 필요가 있다는 것도 사실이죠."

"그런데 그 혐오가 학생의 인생과 무슨 관련이 있나요?"

"방금 말씀드린 것처럼 기본적으로 혐오는 학생들에게 정신적인 자기 위로를 줄 뿐, 결과적으로 위로 향하기 위한 원동력을 주지는 못하거든요."

혐오는 상대방을 끌어내리기 위한 방식일 뿐이다. 그걸 고치려고 하는 것과는 근본적으로 다르다.

"예를 들어 보죠. 전교 1등과 전교 2등이 있습니다. 그리고 그 둘은 서로를 모른다고 생각해 보죠."

그런데 전교 2등이 아무리 노력해도 전교 1등을 이기지 못한다. 그렇다면 어떻게 될까?

"아마도 정상적인 사람들은 그다지 신경 쓰지 않을 겁니다."

전교 2등도 전혀 나쁜 성적이 아니고, 학교 성적이 모든 걸 다 결정하는 건 아니니까.

자신의 자리에서 최선을 다하는 게 아마도 일반적인 대응책일 것이다.

"하지만 혐오주의자는 아니죠."

혐오주의자는 1등을 혐오한다. 그리고 그 혐오를 정당화하기 위해 온갖 거짓말과 상상을 만들어 낸다.

"1등 집안이 엄청나게 부잣집이라 족집게 과외를 받는다는 생각을 할 수도 있고, 아니면 1등이 선생들에게 뇌물을 주고 답안지를 먼저 받아 보고 있다고 생각할 수도 있죠. 중요한 건, 자신이 2등이라는 걸 납득하기 위해 심적으로 1등을 바닥으로 끌어내려야 한다는 겁니다."

"그런가요?"

"네. 그리고 그게 납득되는 순간 이렇게 생각하게 됩니다. '아, 저런 인간을 대상으로는 내가 못 이겠구나. 뇌물까지 쓰는 놈을 정상적으로 어떻게 이겨?'라고."

그리고 그때부터 2등의 성장은 멈춰 버린다.

아니, 멈추는 정도가 아니라 퇴화한다.

노력은 멈추고 모든 것에 대해 말도 안 되는 핑계를 대기 시작하니까.

그러다가 3등으로 떨어지면 자기를 제치고 올라간 사람을 혐오하면서 자기 합리화하고, 4등이 되면 또 자기 합리화를 한다.

"한국에서 혐오는 대부분의 경우 자기 합리화의 도구로 사용되고 있습니다. 지금 아이들에게 혐오를 교육하는 사람들은 아이들에게 발전할 수 있는 방법을 알려 주는 것이 아니라 자기 합리화하고 노력하지 않아도 되는 법을 알려 주고 있는 겁니다."

"그런가요?"

틀린 말은 아니다.

대부분의 혐오주의자들은 노력을 하지 않는다. 그저 비정상이 정상이라 주장하면서 정상인 사람을 욕할 뿐이다.

"최근에도 어떤 게임에 그런 이슈가 있었죠? 여주인공이 너무 비정상적인 체형을 가지고 있다고."

여자가 주인공인 게임이 새로 발매되었는데, 여주인공은 탄탄한 근육질의 늘씬한 몸매를 자랑하고 있었다.

사실 게임을 팔아먹어야 하니 보기 좋아야 하는 게 당연한 일.

그런데 정치적 올바름을 주장하는 일부 단체에서 이를 여성 혐오라고 하면서 현실적인 몸매를 게임에도 적용해야 한다고 주장했다.

"그런데 현실적인 몸매를 주장한다고 하면 사실 그 몸매가 맞습니다."

"네? 어째서요?"

"그 게임은 여전사의 모험이 주요 내용이지요. 먹을 것도 없는 시대에 매일같이 몸을 단련하는 여전사가 그들이 주장하는 것처럼 뚱뚱한 체형이 될 수는 없거든요."

수 킬로그램짜리 칼을 자유자재로 휘두르는 건 웬만한 남자도 쉽게 못하는 일이다. 더군다나 배경이 야만의 시대로, 먹는 것도 부실하다.

그런 시대에 태어난 여전사가 과연 살이 찔 수가 있을까?

"하지만 그 혐오주의자들은 현재의 일반적인 여성을 기준으로 말했지요. 그런데 그들이 표준이라며 내민 여성의 몸무게가 평균 100킬로그램입니다. 현실의 여성이 100킬로그램의 몸무게를 가지는 게 과연 표준일까요?"

물론 미국이나 일부 나라들은 그럴지도 모른다. 하지만 그건 말 그대로 일부다.

인간이라는 종 내에서 여성의 평균치를 보면 100킬로그램이 넘는 여성은 극히 일부일 수밖에 없다.

"하지만 그들은 자신과 주변에 보이는 일부만을 평균이라고 주장하는 거죠. 그리고 스스로를 세뇌하는 겁니다, 자신은 혐오의 피해자라고."

파격적인 말이다. 아마 일반적으로 이 말을 했다면 사회적으로 두들겨 맞을 거다.

'맞는 정도가 아니겠지.'

아마 사회적으로 매장당할 것이다. 일반적으로는 말이다.

'하지만……'

말을 한 이가 무려 노형진이다.

마이스터의 대리인이며 동시에 변호사인 남자. 대중의 인기에 신경을 쓰지 않아도 되는 사람이다.

노형진을 매장하려 든다? 아마도 그건 자살의 새로운 방식이 될 거다.

"그러면 사회적으로 혐오는 없어져야 한다는 겁니까?"

"아니요. 그건 또 아닙니다."

"네? 혐오가 아이의 미래를 망친다고 하셨잖습니까?"

"음, 뭔가를 좋아하지 않는 건 인간 본연의 감정입니다. 그걸 완전히 감추거나 없앨 수는 없죠."

노형진이 아무리 대단하다고 해도 인간의 본성을 없애는 것은 불가능하다.

"인간의 감정은 어찌할 수가 없어요. 문제는, 그걸 퍼트리면서 합리화하려고 하는 건 아이들의 미래를 망치는 짓이라는 거죠. 확실하게 말하죠. 취향과 혐오는 다른 겁니다."

뭔가를 좋아하지 않는다? 그건 개인적인 취향일 뿐이다.

가령 남들은 다 좋아한다는 치킨을 누군가는 싫어한다 해도 그건 개인적인 취향일 뿐이지 혐오가 아니다.

하지만 자기가 치킨이 싫다는 이유로, 남들이 좋아하는 치킨을 먹으면 죽는 독극물 취급하고 치킨집들을 마치 살인마처럼 취급하는 건 혐오다.

"현대사회에서 혐오는 하나의 정치권력화되어 버렸습니다. 그리고 세력을 모아서 상위 계급에 권력을 주는 방식으로 변질되었지요. 그런데 그런 변질된 곳에 자녀가 간다고 생각해 보세요."

노형진은 진지하게 말했다.

노형진이 이런 책을 쓴 이유는 단순히 혐오가 위험해서가 아니다. 실제로 이런 방식으로 정치권에서는 세력을 형성하고, 그 세력을 기반으로 모든 이권을 상위 몇몇이 독점하기 때문이다.

"혐오에 맞서 싸우는 투사? 물론 그건 자랑스러운 가면이지요. 하지만 그로 인해 벌어지는 피해는 모두 당사자가 책임져야 합니다. 그 대가는 일부 상위 계층이 모두 빨아먹고요. 과연 자녀분들을 그런 정치꾼들에게 제물로 바치고 싶은 학부모들이 계실까요?"

당연히 그런 사람들은 없다. 부모란 자고로 자식이 잘살고 잘 성장하기를 원한다.

"학교에서는 엄정 중립을 유지해야 합니다. 혐오를 가르치는 선생들은 절대로 발붙이지 못하게 해야 합니다."

극단적인 말.

하지만 그 말을 MC는 부정하지 못했다.

얼마 전에도 혐오를 가르치려는 조직적 움직임이 걸리는 바람에 인터넷에서 난리가 나지 않았던가?

아무것도 모르는 초등학생들을 세뇌하는 법을 공유하면서 실행하던 혐오 집단.

문제는 인터넷에서는 난리가 났는데 언론도, 국가도, 심지어 학교도 그 일에 대해서는 전혀 언급하지 않았다는 것이다.

그로 인해 그 혐오 집단의 세력이 얼마나 큰지 알 수 있었지만, 그들은 여전히 학교라는 공간을 이용해서 세뇌에 열을 올리고 있었다.

"물론 사회는 발전합니다. 그리고 그들을 이용한 선생이라는 작자들은 그 공적을 이용해서 높은 곳으로 갈 겁니다. 하지만 그 아래에서 깔아 준 아이들은? 아마도 인생이 망가지겠지요."

혐오가 세뇌된 아이들이 제대로 된 사회생활을 하지는 못할 테니까.

이미 혐오하는 법을 배운 아이들 입장에서는 상대방을 이해하고 자신이 노력하려 하기보다는 상대방을 혐오하는 게 더 빠를 테니까.

"중국에서 혐오를 계획적으로 뿌리고 있다는 걸 아마 얼마 전 뉴스로 들으셨을 겁니다. 중국에서 막대한 자산과 인력을 동원해서 인터넷에서 작업하면서 혐오를 뿌리는 이유가 뭐겠습니까? 미국의 펜타닐 뉴스에서도 보셔서 알겠지만 젊은 세대를 파멸시키면 그 나라에 미래는 없는 겁니다."

노형진의 말은 그 어느 때보다 훨씬 무겁게 다가왔다.

"와, 장난 아니네?"

노형진은 자신의 SNS를 보면서 피식 웃었다.

얼마나 빠르게 글이 올라오는지, 알림을 꺼 두지 않으면 순식간에 핸드폰 배터리가 닳아서 꺼져 버릴 정도였다.

"도대체 얼마나 바보인 거야? 상대방이 변호사라는 걸 모르는 건가?"

김성식은 믿을 수 없다는 듯 중얼거렸다.

그도 그럴 게, 지금 이렇게 알림이 미친 듯이 울리게 만드는 원인이 노형진에 대한 욕설과 협박이기 때문이다.

방송이 나간 후에 혐오주의자들은 노형진에 대한 집중적인 공격에 들어갔다.

소위 말하는 좌표를 찍은 후에 집중적으로 공격하는데, 그 수위가 단순 모욕에서부터 협박까지 장난이 아니었다.

"지능이 의심스럽네, 진짜."

무태식은 기가 막힌다는 듯 중얼거렸다.

"혐오는 사람을 멍청하게 만들죠."

노형진은 그런 그의 말에 쓰게 웃었다.

"혐오에 빠지면 모든 판단이 혐오를 기준으로 이루어지거든요."

인과관계나 다른 여러 가지 문제를 생각하는 게 아니라 그냥 혐오당했다고, 그러니까 상대방이 나쁜 거라고 생각하게 만든다.

예를 들어 혐오주의자나 PC주의자는 영화나 드라마의 주연배우로 백인을 쓰면 혐오라고 주장한다.

"실제로 현재 할리우드의 남성 혐오는 극에 달한 상황이죠. 그런데 그건 남성 혐오라고 하지 않아요. 여성의 승리라고 주장하지."

"아, 맞다. 그거 알아요."

대형 프랜차이즈 영화가 있다. 수많은 관련 영화가 있고, 거대한 세계관으로 사람들을 사로잡아 시즌 1에서 많은 인기를 끌었다.

그러나 시즌 2로 넘어가면서 문제가 생겼다.

모든 주연배우들을 여성으로 교체한 것이다.

한두 명도 아니고 세계관 내의 열 명이 넘는 모든 주연을 여성으로 바꾼 것도 티가 나는데, 유일하게 딱 한 명 남자는 흑인이다.

사방에서 사실상 백인 남자 배우에 대한 혐오가 아니냐고 따졌지만 제작사는 그런 주장이 여성 혐오라고 못 박아 버리고 들은 척도 하지 않았다.

"혐오주의에 찌든 사람들에게는 모든 게 혐오로 연결된다 이거군."

"맞습니다. 그들의 머릿속에는 캐릭터에 맞는 설정이라는 것 따위, 중요하지 않은 거죠."

중요한 건 여자 또는 자기들 편을 써야 한다는 강박관념이었다.

중립의 남성 배우를 쓴다는 선택지는 없다. 이미 머리가 혐오라는 방식으로 판단하는 데 익숙해져 버린 것이다.

내 편이면 혐오가 아니지만 내 편이 아니면? 나를 혐오하는 거다.

이런 간단한 이분법.

생각을 많이 하지 않아 살기는 편해질지 모르겠지만 그 대신에 사람이 멍청해진다.

"그리고 답이 이거고요."

힐끔 자신의 핸드폰을 보는 노형진.

"아무리 그래도 그렇지, 상대방이 변호사라는 것도 모르는 건가요?"

"이미 여러 번 이겨 봤을 테니까요."

"이겨 봤다?"

"물론 저들이 싸운 대상 중에 저 같은 사람은 없었겠죠."

노형진은 피식 웃으며 말했다.

"언론에 공개되는 사람들은 많습니다. 그들의 의견이 이들과 다르면 집중 공격의 대상이 되죠. 그런데 여기서 함정이 있죠. 언론에 공개되는 사람은 사실 극히 일부일 뿐이라는 겁니다."

언론에 공개될 만한 사람은 대중의 관심이 필요한 연예인이나 정치인이다. 일반인들, 특히 부자들의 경우는 오히려 언론에 노출되는 걸 꺼린다.

언론가 재벌이 방송에 나가서 수다를 떠는 걸 언제 본 적 있는가?

도리어 그런 행동을 하면 재벌가에서는 싼 티 난다면서 취급도 해 주지 않는다.

사회적으로 성공한 대부분의 사람들에게 언론은 도구일 뿐 결코 전부가 아니다.

"언론에 나왔다가 그런 식으로 실수해서 표적이 되는 사람들은 대부분 여론이 전부인 이들이죠."

그래서 뭔가 말실수라도 하면 사회적으로 매장당할 수도 있는 사람들.

당연히 그런 사람들은 여론에 민감하게 반응한다.

특히 이런 집중 공격을 당하면 자세하게 모르는 사람들까지 편승해서 이미지가 더더욱 나빠지는 경향이 있기 때문에 사과하고 무마하려고 한다.

"아마 지금까지 집중 공격으로 무너트린 건 대부분 그런 사람들일 겁니다."

애초에 다른 성공한 사람들은 굳이 나서서 떠들 일이 없으니까.

"그러니까 좌표를 찍고 집중 공격하면 무조건 자기들이 이길 거라 생각하는 거죠."

문제는, 이번에는 그 상대가 인기와는 전혀 상관없는 사람이라는 것.

심지어 변호사다.

"이럴 때는 후회는 늦는 거죠, 후후후."

노형진의 성격상 자신을 협박하거나 모욕한 인간들을 그냥 둘 리 없으니까.

물론 노형진에게는 다른 계획이 있기는 하지만.

"그나저나 이제 슬슬 똥줄이 타는 놈들이 있을 텐데요?"

인터넷에서 혐오하는 사람들에 대한 공격이 시작되고 있는 상황에서 그들을 이용해 권력을 쥐고 있던 놈들이 가만히 있을 리가 없다.

"그렇잖아도 그쪽에서 재미있는 이야기를 하더군."

"재미있는 이야기?"

"토론하자던데?"

"토론요?"

"그래. 그들 입장에서는 똥줄이 타는 거지."

혐오를 기반으로 유지하고 있던 권력이 날아가게 생겼으니 말이다.

"재미있네요."

노형진은 빙긋 웃었다.

"한번 붙어 보도록 하죠, 후후후."

혐오 VS 혐오

영광당.

이름은 영광당인데 행동은 그다지 영광스럽지 않다.

그도 그럴 게, 영광당은 혐오로 이 자리에까지 온 정당이니까.

국민들을 분열시키고 그들이 싸우는 것을 기반으로 표를 얻은 뒤 권력화한 정당.

입으로는 진보와 개혁을 주장하지만 그들은 절대로 그렇게 되길 원하지 않는다.

왜냐하면 세상이 살기 좋아질수록 혐오는 사라질 테고, 자연히 자신들이 권력을 유지하기 힘들어질 테니까.

그들이 원하는 것은 그야말로 혐오로 가득한 세상이었다.

그래야 자신들이 표를 받아서 유지할 수 있었으니.

당연히 당 소속의 몇 안 되는 국회의원들도, 제대로 된 능력도 없는 사기꾼에 가까웠다.

국회의원이니 말은 잘하지만 현실적으로 정책 같은 건 전혀 만들 줄 몰랐다.

다만 단 하나, 혐오에 관해서는 박사나 다름없었다.

그런 그들이 난리가 난 건 방송 직후였다.

"이게 말이 됩니까? 아니, 지가 뭔데 애들한테 혐오를 가르치지 말라고 해요?"

"맞습니다. 애들이 잘못된 건 잘못되었다고 알아야 세상을 바꾸죠."

물론 잘못된 걸 고칠 줄 알아야 하는 건 맞다.

문제는 이들은 잘못되지 않은 것도 잘못된 거라고 주장하고 그마저도 매번 바뀐다는 것이다.

당장 군대 문제만 해도 여성 단체를 모아 두고 이야기할 때는 남자만 군대를 가는 건 성차별이라고 주장하고, 누군가가 그러면 여자도 군대를 가면 되지 않느냐고 하면 그것도 성차별이라고 주장한다.

그런 식으로 혐오와 갈라치기 그리고 정치적 올바름을 이용해서 이권만 챙겨 먹던 이들에게 노형진의 반혐오주의는 진짜 본인들의 미래를 위태롭게 하는 문제였다.

"어떻게 해서든 그놈을 막아야 합니다."

"하지만 어떻게요? 이놈은 주변의 눈치를 보는 놈이 아니에요."

주변에서 여론으로 압박하자니, 대한민국 언론 전부가 죽이려고 달려들었어도 반대로 그들을 꺾은 게 노형진이다.

압력하자니 압력은커녕 만나기도 힘들다.

더군다나 아무리 국회의원입네 하면서 모가지에 힘주고 다녀도 결국 영광당은 소수 정당이다.

주류 정당에서도 노형진을 몰아내기 위해 기를 쓰다가 결국 다수의 국회의원의 모가지가 날아가는 판국에, 소수 정당에서 노형진을 몰아낸다?

그게 가능할 리가 없다.

애초에 그럴 능력이 있는 자들이었다면 혐오에 기댄 소수 정당으로 남지 않았을 거다.

"일단은 TV 토론회에서 제대로 밟아 버려야지요."

"그래야지요."

"세상에 얼마나 차별이 많은데."

"그런데 누가 나갈 겁니까? 일단 나갈 사람을 뽑아야 하는데."

당 대표인 고학원의 말에 모두가 갑자기 입을 다물고 시선을 돌렸다.

그도 그럴 게, 상대방은 말 잘하기로 소문난 변호사다. 심지어 능력도 좋기로 유명한 인물.

매일같이 혐오니 차별이니 하는 말로 말장난이나 하던 국회의원들이 그런 사람과 토론에서 제대로 붙어 버린다면 과연 이길 수 있을까?

그럴 리가 없다.

더군다나 토론의 주제 자체도 영광당에는 불리했다.

공식 토론의 주제는 '한국의 혐오 문화, 어떻게 볼 것인가'이지만 툭 까고 말해서 혐오 문화를 고치자는 노형진과 혐오 문화를 유지하자는 영광당의 싸움이다.

정치적 정당성이 어디에 있는지는 너무나 판단하기 쉬웠다.

"역시 당 대표님이 나가시는 게……."

"저는 아무래도 나이도 있고, 차라리 새로운 피가 어떻겠습니까? 우리 정 의원이 나가시죠."

"아니, 아무것도 모르는 저한테 어떻게 나가라고 하실 수 있어요? 잘 아는 분이 나가셔야지요."

정 의원이라고 불린 젊은 여자가 발끈하면서 화를 냈다.

'후우, 빌어먹을.'

그 말에 당 대표는 속으로 한숨을 쉬었다.

어찌어찌 국회의원으로 만들기는 했는데 진짜 실력도, 사상도, 심지어 개념도 없는 국회의원이었으니까.

그렇잖아도 국회의원이 입으로는 정규직 철폐를 주장하면서도 아랫사람에게 갑질에 부당 해고를 하다가 걸려서 가뜩이나 낮은 영광당 지지율을 뭉텅이로 깎아먹은 상황이었다.

"그러면 박 의원은 어떻습니까?"

다른 여성 의원인 박 의원에게 의견을 묻자 그녀는 슬쩍 시선을 돌렸다.

"이런 건 경험이 많은 당 대표님이 나가셔야지요."

그 말에 고학원은 열불이 났다.

이 안에서 가장 혐오를 잘 써먹는 게 박 의원이었으니까.

정치하면서 그녀의 입에서 혐오라는 말이 나오지 않은 날이 없을 정도였다.

그런데 이제 와서 잘 아는 사람이 해야 한다니.

"그래도 다들 경험을 쌓아야 하는데……."

고학원도 필사적일 수밖에 없었다. 그리고 해서 노형진과 토론 방송에서 만나고 싶지는 않았기 때문이다.

"자 자, 제대로 이야기해 봅시다."

죽어도 나가기 싫어서 계속 회의를 이어 가는 고학원이었지만, 그는 왠지 모를 예감에 등골이 서늘했다.

⚖

"젠장, 이럴 줄 알았어."

고학원은 이를 박박 갈았다.

세 사람이 마치 짠 것처럼 자신을 밀었기 때문이다.

이해는 간다. 자신이 토론에서 지면 창피를 당할 테고, 그러면 그 틈을 이용해서 영광당의 당권에 도전하고 싶을 테니까.

그러기 위해서는 고학원이 완전히 몰락해야 한다.

그런 서로의 마음을 아는 그들은 고학원을 밀어줬고, 결국 고학원이 토론에 나갈 수밖에 없게 된 것이다.

"이렇게 된 이상 방법은 하나뿐이야."

어떻게 해서든 이겨야 한다. 그러지 않으면 남는 건 몰락뿐이다.

"고 의원님, 시간 되었습니다."

"알겠네."

PD의 말에 고학원은 고개를 끄덕거리고 마치 도살장에 끌려가는 소처럼 힘없이 촬영장으로 향했다.

먼저 토론하자고 한 쪽치고는 참 어울리지 않는 모습이었다.

촬영장에 도착하니 이미 와 있던 노형진이 그를 보고 빙긋 웃었다.

'돌겠네.'

그런데 고학원의 눈에는 그게 마치 사신의 미소처럼 보였다.

"안녕하십니까. 〈주간 토론〉의 김상희입니다. 오늘의 토론은 '한국의 혐오 문화, 어떻게 볼 것인가'입니다."

드디어 시작된 토론.

이미 대략적으로 이야기가 되어 있기 때문에 선공은 고학원의 몫이었다.

"에, 이번에 반혐오 교육을 해야 한다고 하는 노형진 씨의 주장은 심히 위험한 발언이라고 생각됩니다. 학교는 세상을 배우는 곳입니다. 그리고 세상은 결코 공정하지 않습니다. 세상에 대한 제대로 된 정보를 배울 수 없다면 학교가 무슨 의미가 있겠습니까? 학교에서 사회의 현실에 대한 교육은 필히 이루어져야 한다고 생각합니다."

일견 그럴듯한 말이었다.

실제로 대한민국이 공정하다고 볼 수는 없으니까.

하지만 그것과 혐오는 전혀 관련이 없음에도 고학원은 마치 두 가지가 동일한 것처럼 말했다.

'너는 당연히 그런 교육을 반대하겠지.'

그러면 그는 아이들을 바보 멍청이로 만든다고 공격하면 된다.

대부분의 사람들은 사회적으로 이루어지는 불평등에 대해 알고 있으니, 노형진이 그걸 교육하지 말라 하면 가차 없이 반기를 들 것이다.

여기까지가 고학원의 계획이었다.

그러나 언제나처럼 노형진은 모두의 예상을 뛰어넘는 사람이었다.

"그거, 불법입니다만?"

"네?"

"선생님들에게는 중립 의무가 있습니다. 그런데 지금 그걸 어기라는 겁니까?"

확실히, 선생님들에게는 정치적 중립 의무가 있다.

거의 언급되지는 않지만 의외로 강력하게 적용되는 규정이다.

어느 정도냐면, 선생님이 정당에 가입했다는 이유로 해직될 정도니까.

물론 교장이나 교감같이 힘 있는 자리에 있는 놈들이야 대상이 아니다. 하지만 일반 선생님들은 그걸 어기면 정말로 모가지가 날아간다.

"중립 의무요?"

"설마 국회의원이 교직원의 정치적 중립 의무를 모르시는 건가요?"

그 말에 얼떨떨한 표정을 짓는 고학원.

알기야 알았지만, 이 사건과 연관될 거라고는 생각도 못 했으니까.

"그게 무슨 상관입니까?"

"상관이 있죠. 사회에 대해 아는 건 좋지만 사회에 대한 비틀린 지식을 교육받는 건 문제니까요."

"비틀린 지식이라고요? 그거랑 선생님들의 중립 의무랑 무슨 관계가 있습니까?"

"뭔가 오해하신 모양인데, 선생님들에게 부여된 정치적 중립 의무는 모든 사항에 대해서입니다. 특정 정당에 대한 게 아니고요."

한국은 워낙 정당의 대립이 강하다 보니 정치라고 하면 정당이라고 생각한다.

그래서 선생님이 자유신민당이나 민주수호당 두 정당 중한 곳에 대해 좋게 말하면 정치적 중립 의무를 위반했다고 난리 난다.

"그런데 정치판에 두 정당만 있는 건 아니지 않습니까?"

정치판에서 유명한 곳이 두 정당일 뿐, 그들이 하는 행동만 정치에 해당되는 것은 아니다.

현실에서 사회에 대한 판단도 결국 정치와 연관될 수밖에 없다.

예를 들어 부자에 대한 증세를 이야기한다면?

당연히 반대하는 사람은 나라가 망한다고 거품을 물 거고, 찬성하는 사람은 부자가 세금을 더 내고 부의 재분배를 이뤄야 한다고 주장할 거다.

"그건 정치가 아닌가요?"

"그건……."

"아니면 노동자의 파업 투쟁은 어떨까요?"

노동자는 파업하는 사람들에게 우호적이겠지만 사용자는 빨갱이라고 거품을 물고 욕할 것이다.

"그건 정치가 아닌가요?"

당연히 그것도 정치다. 다만 주체가 정당이 아닐 뿐.

"주체가 정당이 아니라고 해서 정치가 아닌 건 아니죠."

원론적인 이야기지만 또 맞는 말이다. 고학원은 할 말을 잃었다.

"음……."

'할 말이 없겠지.'

만일 여기서 선생님들이 중립 의무를 저버려야 한다고 말한다면 전국이 뒤집어질 거다.

현직 국회의원이 대놓고 선생님들에게 법을 지키지 말라고 하는 거니까.

'알음알음 하는 것과 대놓고 말하는 건 전혀 다른 문제니까.'

일부 혐오주의 성향의 선생님들을 이용해서 학생들을 세뇌하는 것과, 방송에서 대놓고 애들을 세뇌하라고 하는 건 전혀 다른 문제다.

아무리 힘이 있는 정치인이라고 해도 방송에서 그딴 식으로 말하면 다음 선거에서 모가지다.

하물며 영광당은 힘도 없는 군소 정당이다.

당연히 대놓고 법을 위반하라는 말은 할 수가 없다.

"물론 사회에 대한 교육을 하는 건 찬성입니다. 학생들은 흔하게 벌어지는 사기의 방식도, 간단한 금융 정보, 노동자의 권리 같은 것도 모르는 채, 말 그대로 무방비하게 사회로 나오죠. 저는 그런 걸 교육하자는 겁니다. 그걸 가르치지도 않고 무조건 나쁘다고만 하자는 게 아니라."

합리적인 선택지다. 그리고 그 합리성이 고학원에게는 불편하게 다가왔다.

혐오에서 중요한 건 무지성이다. 저쪽에서 뭐라고 하든 세뇌된 그대로 이쪽 위주로만 판단해야 한다.

그런데 지금 노형진은 그 무지성 대신 그런 걸 판단할 수 있는 보편적인 지식을 가르치자는 거다.

의외로 학교에서 이런 기본적인 지식을 가르쳐야 한다는 주장은 오래전부터 있었다. 하지만 정치권에서 학생은 그런 것에 신경 쓰면 안 된다고 눈을 까뒤집고 반대해 왔다.

학업에 방해되어서?

아니다. 학생들이 그런 정보를 상식 수준에서 배우게 되면 그에 맞춰 사회를 판단하게 되고, 그러면 자신들이 정치하기 힘들어지기 때문이다.

모든 정치인은 소속 정당과 상관없이 국민이 멍청하기를 바란다. 그래야 자신들이 정치하기 쉬워지니까.

"그러면 고학원 씨는 이런 교육에 대해 반대하는 입장이신가요?"

"찬성합니다."

물론 이런 걸 대놓고 반대할 수는 없다. 하물며 지금은 방송 중이니 말이다.

"하지만 차별은……."

"네, 차별받지 않기 위해 사회를 알아야 한다는 거죠. 노동자가 노동법을 알고 시민이 자신의 권리를 안다면, 과연 누가 그를 차별할 수 있을까요?"

저항할 수 있는 사람을 차별하거나 괴롭히는 사람은 없다.

왜냐, 그랬다가 도리어 반격에 당할 수도 있기 때문이다.

'이게 혐오의 문제지.'

혐오는 대부분 저항하지 못하는 사람을 대상으로 이루어진다.

실체가 없는 차별과 혐오가 이루어지는 이유가 바로 그거다.

인생이 실패해서 바닥에 처박히고 혐오가 유일한 스트레스 해소 방법인 경우, 실존하는 사람에 대한 혐오는 공격받을 것 같으니까 반격당할 일이 없는 가상의 존재를 만들어내고 그를 공격함으로써 자신이 마치 대단한 사회운동이라도 하는 양 자아도취하는 거다.

"혐오라는 건 위험한 행동입니다. 사회를 정확하게 알아야 이게 혐오인지 아니면 정당한 불만인지도 알 수 있죠. 국민들이 그걸 제대로 구분하지 못하면 한국이 망할 수도 있습니다."

"그건 말도 안 됩니다."

"말이 안 된다고요? 지난번 사태에 대해 모르시나 보군요?"

"지난번 사태?"

"아, 모르셨어요? 학교 내부에서 암약하는 세력이 '세뇌과정을 거쳐 애들을 친중파로 키우는 법'이라는 걸 만들어서 뿌리다 걸렸는데."

그 말에 고학원은 사색이 되었다.

그 사건은 인터넷에서는 난리가 났지만 언론과 정부는 쉬쉬했다. 그게 반중 정서로 흘러가면 골치 아프기 때문이다.

그런데 노형진이 그걸 대놓고 방송에서 언급해 버린 것이다.

토론자가 그 이야기를 꺼낸 이상 이제는 해당 장면만 편집하는 것도 불가능해졌다.

"첫 번째, 아이를 세뇌한다. 두 번째, 아이가 반항하거나 하면 다른 아이들을 선동해 반에서 고립시키고 왕따를 한다. 세 번째, 부모님이 항의하면 학생이 비정상이라고 몰아가며 그 책임을 부모에게 뒤집어씌운다. 네 번째, 반동분자 학생에 대한 평가를 최대한 안 좋게 함으로써 사회 지도층이 될 가능성을 막는다."

실제 해당 조직의 행동 강령이었고, 그렇게 당했다는 피해자들도 있었다.

"그 당시에 이 사건에 대해 발표한 집단에서 한 말이 이거

였죠. '중국인 혐오를 멈춰 주세요.' 그런데 엄밀하게 말하면 혐오한 건 그들이었죠. 저는 혐오를 하자는 게 아닙니다, 이러한 행동에 대한 감시 및 처벌을 할 수 있는 방법을 찾자는 거지."

노형진의 말을 들으면서 고학원은 자신이 이번 토론에서 이길 수 없다는 것을 뼈저리게 느꼈다.

⚖️

고학원이 토론에서 처절하게 발리자 혐오주의자들은 난리가 났다.

그리고 그 틈을 타서 그동안 혐오주의자들에게 눌려 있던 정상적인 사회운동가들이 활동하기 시작했다.

정상적인 발언을 하면 혐오주의자로 역공격을 당했기에 그동안 속으로만 끙끙 앓고 있던 그들에게는 최적의 기회였다.

"사회운동가도 이렇게 다를 줄은 몰랐어요."

고연미 변호사는 기록들을 살피다가 눈을 찡그렸다.

그도 그럴 게, 아이돌을 하다가 변호사가 된 후에는 사회운동과 접점이 없었어서 내면을 볼 기회도 없었기 때문이다.

하지만 안을 파고들어 보니 개판도 이런 개판이 없었다.

"어쩔 수 없죠. 기본적으로 마음가짐이 다르니까요."

"마음가짐요?"

"사회운동을 하는 사람은 세상을 더 좋게 만들겠다는 목적성을 가지고 있습니다. 그런데 그러기 위해 사람을 죽여야 한다면, 죽이려고 할까요?"

"당연히 안 하겠죠!"

"하지만 이권을 노리는 범죄자들은요?"

"그거야…… 그러네요. 세상을 바꾸고 싶다고 해도 극단적 상황에서는 한계가 오는군요."

"제가 매번 하는 말 중에 이런 말이 있죠. 세상을 청소하기 위해서는 자신의 몸에 똥이 묻는 걸 두려워해서는 안 된다."

하지만 현실적으로 사회운동을 하는 사람들은 자신에게 더러운 이미지가 생기는 걸 두려워한다.

물론 하려면 할 수는 있다.

하지만 만일 극단적 선택을 통해 세상을 바꾸려고 한다면 사회운동의 정당성 문제가 심각하게 대두된다.

"보통 개혁 성향의 집단이 패배하는 가장 큰 이유가 그겁니다."

이쪽은 절대적으로 깨끗해야 하는데 부패한 집단은 어차피 부패해 있으니 무슨 짓을 해도 이상하지 않다.

"인간은 참으로 멍청하죠."

전과 10범이 열한 번째 범죄를 저지르면 '저 새끼는 어차피 그래.'라고 욕하면서, 전과가 없던 사람에게 전과가 생기면 '네가 그럴 줄은 몰랐다.'라며 기존 범죄자보다 훨씬 욕한다.

그렇다 보니 부패한 세력이 온갖 더러운 짓을 하면서 상대
방을 공격하는 건 문제시되지 않지만, 개혁을 원하는 쪽에서
는 아주 사소한 문제만 생겨도 죽일 놈으로 취급되고 지지
세력이 이탈한다.

"그래서 저는 좋은 이미지는 만들지만 깨끗한 이미지는 만
들지 않죠."

실제로 노형진은 철저하게 법을 이용해서 싸우는 사람이
지만 동시에 법의 허점을 이용해서 선을 넘기도 한다.

"하긴, 애초에 법으로 범죄를 막는 건 불가능하죠."

"그게 현실이죠."

법은 범죄를 막기 위해 만들어졌다.

하지만 애석하게도 법으로는 범죄를 막는 게 불가능하다.

그걸 집행하는 쪽도 그리고 이용하는 쪽도, 범죄에서 더
많은 수익을 내고 있으니까.

더군다나 범죄는 부지런하다.

하루가 멀다 하고 범죄는 발전하는데 법은 수십 년 전 기
준에서 쉽사리 벗어나지 못한다.

당연히 신흥 범죄나 새로운 방식의 범죄를 막기 위한 수단
이 없다.

"어찌 되었건 이번 사태로 이쪽에도 무기가 생긴 거네요."

"어느 정도는요."

전에는 극단주의 혐오주의자들을 막으면 그들에 의해 혐

오주의자가 되어 버렸다.

하지만 이제는 무기가 두 개나 생겨 버렸다.

중국의 지원을 받는 것 아니냐는 의심의 시선과, 혐오를 통해 이익을 창출하고 있었다는 진실.

그들은 당연히 노형진과 새론을 공격하고 있지만 다른 곳도 아닌 로펌을, 그것도 거대한 새론을 공격한다는 것이 뭘 의미하는지는 금방 알게 될 거다.

'일단은 법원에서 보게 되겠지.'

그 후 계좌가 압류될 때쯤이면 아차 싶을 거다.

그동안은 혐오 프레임으로 쉽게 승리해 왔지만, 이번에 그들이 상대하는 새론은 그런 데에 신경 쓰지 않는 조직이니까.

그들의 무기인 혐오 프레임은 결국 이쪽이 신경 쓸 때에나 효과를 발휘한다.

하지만 로펌이 신경 쓸 일이 뭐가 있겠는가?

"그런데 혐오 조직은 그렇다고 쳐도, 아직 사회에는 여전히 사람들이 많이 있는데요?"

"그렇겠죠. 이 혐오에 대한 세뇌가 수십 년간 계속되어 왔으니까."

자기가 조금만 손해를 봐도 혐오라고 몰아붙이는 사회. 그게 지금의 대한민국이다.

서로 양보하고 배려한다? 그러면 한국에서는 호구 취급을 받는다.

특히 인터넷상에서 그런 분위기가 강하다.

길을 가다가 과일 트럭이 전복되면 주워 주는 게 아니라 훔쳐 가는 게 똑똑한 행위라고 인터넷에서는 입을 턴다.

물론 이런 놈들은 대부분 그게 잘 사는 거라고, 그렇게 도둑질하는 게 현명한 거라고 주장하는 비정상적인 놈들이다.

문제는 이 비정상적인 놈들이 설칠수록 이것이 다수의 의견이 된다는 것.

"이제 마지막 작전을 시행할 때군요."

"마지막 작전요?"

"지금 혐오주의자들의 소송이 엄청나게 많아졌죠?"

"네, 많죠. 한…… 2만 명?"

노형진이 반혐오주의를 꺼내 들자 그에게 좌표를 찍고 몰려든 인간의 수가 그 정도였다.

그곳뿐만 아니라 인터넷의 여러 사이트를 통해 글을 올린 놈들 중에서도 선을 넘는 주장을 하는 놈들을 찾고 있으니 아마 그 숫자는 앞으로도 늘면 늘었지 결코 줄지는 않을 거다.

"왜 그렇게까지……."

"제 발언을 막지 못하면 자기 인생이 다름 아닌 본인 때문에 망가졌다는 진실을 인정해야 하거든요."

어떻게 해서든 자신의 인생은 자신의 무능이 아닌 타인의 혐오로 인해 망가졌다고 주장해야 하고, 자신은 사회적으로 고귀한 사회운동가로 포장해야 한다.

그러다 보니 그들은 공격을 멈출 수가 없었다.

"뭐, 이제는 미친놈이 되겠지만요."

노형진은 어깨를 으쓱하면서 피식 웃었다.

2만 명. 절대 작은 숫자가 아니었다.

누군가는 그 수에 질려서 소송하지 않을지도 모른다.

하지만 노형진은 변호사고 새론은 로펌이다.

로펌이 소송에 질려서 소송을 안 한다? 그럴 리가 없다.

당연히 어마어마한 숫자의 소송이 시작되었다.

그리고 거의 대부분의 경우 소송이 시작되면 신상이 털리는 건 시간문제였다.

경찰의 수사도 수사지만, 이미 인터넷 검색을 통해 상대방 신상을 털어 내는 건 일도 아니었으니까.

"저희 집 고양이가 쓴 겁니다. 진짜예요."

손을 바들바들 떨고 있는 남자를 보며 노형진은 귀찮다는 듯 말했다.

"이봐, 학생. 내가 바보로 보여?"

노형진은 그에게 턱 하고 서류를 던졌다.

그가 노형진에게 보낸 문자였다.

"김치년 따먹고 싶어서 거시기가 벌렁거려 빨 거 못 빨 거다 빨아 준다고? 그런 배신자 새끼는 아가리를 쫘악 찢어서 죽여야 한다고? 거기다 시체를 토막 내서 국을 끓여 김치년들 입에 들이부어야 한다고?"

기가 막힌다는 듯 그가 보낸 문자를 읽어 주는 노형진.

그러자 부모들은 고개를 푹 숙였다.

"제발 한 번만 봐주세요."

"싫어. 내가 왜?"

"제발요. 저, 이제 조금 있으면 군대 가요."

"아, 군대 좋지."

군대. 확실히 군대는 피할 수 없다.

"내가 군에서 검사를 해 봐서 아는데 말이지, 거기 가면 있잖아? 군법으로 처벌받을 거야."

"네?"

"아, 몰랐나? 너 지금 군대에 가면 판결 시점에는 군인이잖아. 그러면 군법 적용 대상이야. 군인이 민간인을 공격하면 가중처벌 되는 거 알지?"

그 말에 청년의 얼굴이 사색이 되었다. 그건 몰랐으니까.

물론 군 생활을 시작하기 전에 저지른 범죄인 만큼 군 법원에서도 어느 정도 감안할 것이다.

하지만 그런다 해도 군인이라는 신분은 바뀌지 않는다.

그리고 군인 신분은 일반인보다 확실히 처벌이 강하다. 설사 군대에 오기 전에 범죄를 저질렀다는 점을 감안하더라도 말이다.

군대에 가기 전에 일반인으로 사기를 쳤다고 처벌받지 않는 건 아닌 것처럼, 이러한 협박이나 모욕 역시 처벌 대상이다.

"내가 변호사잖아? 그래서 군 교도소도 가 봤는데, 여기 밖에 있는 교도소보다는 훨씬 빡셀 거야."

히죽 웃으며 던지는 노형진의 말에 청년은 눈물을 쫙쫙 흘렸다.

그렇잖아도 심란한 상황이었다.

군대라는 낯선 공간에 가야 한다는 두려움, 거기에 형사처벌을 받을지도 모른다는 두려움까지 있었다.

그런데 군 형무소는 여기 밖에 있는 교도소보다 힘들 거라니.

그의 머릿속에서는 군 형무소에서 매일같이 두들겨 맞는 자신의 모습이 그려졌다.

물론 그건 아니지만, 어차피 그에게는 겪어 보지 못한 사회니까.

그는 절박한 얼굴로 옆에 앉아 있는 아버지에게 매달렸다.

"어허헝. 아빠, 한 번만, 제발 한 번만 살려 줘요, 네?"

"변호사님, 어떻게 한 번만 용서해 주시면 안 됩니까? 애가 아무것도 모르고 한 겁니다."

"군대에 갈 나이입니다. 법적으로 성인이죠. 아버님이 나설 상황이 아닙니다."

"아니, 아무것도 모르는 애입니다."

"초등학생만 되어도 남한테 이렇게 협박하고 욕하면 안 된다는 건 압니다. 제가 봐서는 평범한 범죄자입니다. 이런 범죄자는 영원히 격리하는 것 말고는 방법이 없습니다."

"여…… 영원히라고요?"

"물론 이걸로 영원히 하지는 않겠습니다만, 상식적으로는 그래야지요. 그러지 않으면 진짜로 누구 하나 죽여도 이상할 게 없는 일 아닙니까?"

"저희 애는 그럴 애가 아닙니다."

그저 잘못된 인터넷 사이트에 들어가서 그런 것뿐이다.

기본적인 분위기가 여성 혐오인 그 사이트에서 그는 세상을 배웠다. 그렇다 보니 여성 혐오가 사회의 주류이며 여자는 열등하다고 생각할 수밖에 없었다.

그리고 그런 자신의 생각을 인터넷에 퍼트리는 게 그에게는 하나의 사회운동이자 자신감이었다.

그런데 노형진이 그게 잘못된 행동이라 주장하며 막으니 눈이 돌아가서 공격한 것이다.

"미안하지만 저는 기회를 두 번 주는 타입이 아니라서요."

노형진은 자리에서 일어났다. 그리고 매몰차게 말했다.

"어떻게 해서든 사회에서 격리시켜 줄 테니까 기대하셔도 좋습니다."

"아……."

만일 진짜로, 군대에 갔는데 실형이 나와서 군 교도소에서 복역하다 나오면 어떻게 될까?

아마도 그 기록은 평생을 따라다니며 그의 미래를 망가트릴 것이다.

실제로 교도소 복역 기록은 한 사람의 인생을 망치기 충분하다. 많은 범죄자들이 그 때문에 취업을 못 하고 다시 범죄에 손대기 때문이다.

그렇게 되면?

다시 교도소에 들어갈 테고, 그게 길어질수록 미래는 점점 막장으로 굴러갈 것이다.

영원히 격리된다?

그 격리라는 건 교도소만을 뜻하지 않는다. 전과가 많이 쌓일수록 사회적으로 고립되어 버려 아무것도 못 하게 된다.

"제…… 제발, 변호사님, 제발…….'"

"할 말 없습니다. 전 이만."

노형진이 차갑게 일어나 상담실에서 나가자, 그곳에 남은 세 가족은 영혼이 나가 버렸다.

"흑흑흑."

"아이고, 이것아! 어쩌자고 그런 짓을 해!"

아들은 울기만 하고 엄마는 그런 아들을 탓할 뿐이었다.

아버지는 진짜 담배 생각이 간절했지만 금연이라고 커다랗게 붙어 있어서 담배는 꺼낼 수도 없었다.

"어쩔 수 없구나……. 일단 변호사라도 사서……."

그들의 머릿속에 드는 한 가지 생각. 그건 변호사를 사서 대응해 보자는 것이었다.

"하지만 방법이 없잖아요, 여보. 진짜로 가능하겠어요?"

사실 노형진을 찾아오기 전에 이미 다른 변호사들을 찾아갔었다. 그리고 상담했었다.

하지만 변호사들은 소송 대상이 노형진이라는 말에 질색했다.

노형진에게 잘못 걸리면 변호사도 얄짤 없다는 걸 알기 때문이다.

더군다나 노형진이 담당한 사건도 아니고 노형진과 직접 소송하라니, 변호사들에게는 그 의뢰가 마치 '저랑 같이 죽어 주세요.'라는 소리로 들렸다.

물론 그건 어디까지나 변호사가 위법행위를 했을 때의 이야기지만 대부분의 변호사들은 아예 엮이기 싫어했고, 일부는 아예 상담비도 필요 없으니 나가라고 성화를 해 댔다.

"구…… 구해 봐야지…… 집을 팔아서라도……."

그러지 않으면 자식의 미래가 박살 날 테니까.

그들이 고민하는 그때, 슬쩍 상담실 문이 열렸다.

"아."

혹시나 노형진이 다시 들어온 게 아닐까 하고 고개를 들던 세 사람은 실망했다.

거기에는 젊은 여자가 서 있었다.

아마도 상담실을 잘못 들어온 것 같았다.

실망감에 고개를 숙이려는 찰나, 그녀의 입에서 그들의 이름이 흘러나왔다.

"박구오 씨 가족분이시죠?"

"네, 그렇습니다."

설마 당장 꺼지라는 것일까?

그럴 가능성이 높다고 생각하며 박구오의 아버지는 힘없이 대답했다.

"오래는 말씀 못 드려요. 일단, 제가 여기 왔다는 건 비밀로 해 주세요."

"네?"

갑작스러운 말에 세 사람은 어리둥절했다.

"이 문제 해결할 방법이 있어요. 그런데 이게 회사 내부 규정 때문에 대놓고 말씀은 못 드려서요."

"네?"

아니, 이 여자는 누구이기에 이런 말을 한단 말인가?

의아해할 사이도 없이, 그녀는 재빨리 말을 이었다. 언제 누가 올지 모른다는 듯 서두르며.

"지금은 노 변호사님이 화가 많이 나서서 합의가 불가능하실 거예요."

"누구시기에……."

"저도 변호사예요. 그런데 노 변호사님이 너무하시는 것 같아서요. 그래서 살짝 도와드리는 거예요."

"저희를요?"

"네. 시간이 없으니까 간단하게 말할게요. 믿지 않으셔도 별수 없고요. 제 말이 의심스러우면 다른 변호사한테 가서 확인해 보셔도 좋아요. 일단, 정신과에 가셔서 피해망상으로 진단받으세요."

"피해망상요?"

"네, 정신병 진료 기록이 있으면 법적으로 처벌을 면할 수 있어요. 그러니까 어서 가서 받으세요. 운이 좋으면 그걸 핑계로 합의하실 수도 있을 거예요."

그 말에 부모들은 눈을 번쩍 떴다. 합의라니.

"이거 제가 말씀드렸다고 하면 절대 안 돼요. 저도 여기에 있었던 거 아니고요."

"감사합니다. 성함이라도……."

"아니, 저는 여기에 없었던 거라니까요."

말을 마친 여자는 다급하게 나갔고, 세 사람은 그 여자가 한 말의 의미를 한참 동안 생각했다.

그리고 그곳을 나온 여자, 고연미 변호사는 좀 떨어진 곳에서 노형진을 만났다.

"어때요? 넘어오나요?"

"뭐, 모르죠. 하지만 지금까지의 반응을 보면 넘어올 것 같은데요?"

"그러겠죠."

"그나저나 굿 캅 배드 캅이라니. 좋은 생각이네요."

"음, 이 경우는 경찰이 아니지만요."

노형진은 피식 웃으며 말했다.

사실 이들은 이미 한쪽은 조이고 한쪽은 풀어 줄 계획이었다.

물론 변호사는 경찰이 아니기에 다른 한쪽이 오래 편들어 줄 수는 없지만, 불쌍하다는 척 정보를 줄 수는 있다.

"어차피 저런 애들 고소해서 처벌해 봐야 처벌도 크지 않고."

군 교도소에 갈 것처럼 이야기했지만 현실적으로 그럴 가능성은 크지 않다. 사회적으로도 벌금 정도에서 끝날 거다.

"어떻게 보면 피해자이기도 하잖아요?"

"그렇죠."

혐오주의를 퍼트린 가해자이긴 하지만 혐오주의를 이용해서 정치해 오던 진짜 혐오주의자들에 의한 피해자일 수도 있다.

"그나저나 안 가면 어쩌시려고요?"

"어쩌긴요. 살려 준다고 기회를 주는데도 불구하고 걷어차면, 법대로 해야지."

노형진은 어깨를 으쓱하며 말했다.

살 수 있는 기회를 자존심 때문에 걷어찬다면 굳이 그들을 살려 줄 이유는 없었다.

"진짜로요?"

김은예는 심장이 미친 듯이 뛰었다.

당장 새론과 노형진에게 소송당해서 회사에서 잘리게 생겼다. 아니, 잘리는 게 문제가 아니라 감옥에 가게 생긴 상태였다.

며칠 밤을 눈물을 흘리면서 후회했지만 이미 돌이킬 수 없는 상황이었다.

자신의 인생과 노력을 부정하는 노형진의 말에 발끈해서 저지른 실수였지만 그 실수는 그녀의 인생을 망치기 충분했다.

그런데 갑자기 살길이 생긴 거다.

"확실히 가능합니다."

노형진에게 고소당한 수많은 사람들.

그들은 노형진에게 비슷하게 속았다.

당연하게도 그들은 그 방법에 대해 의문을 가졌다.

처음부터 그 말을 믿는 사람은 드물었고, 다른 변호사에게 찾아가서 가능성을 물었다.

그녀 역시 낯선 변호사가 불쌍하다며 알려 준 방법에 대해 다른 변호사에게 물어봤고, 그 변호사는 그 작전에 동의했다.

"피해망상으로 진단받으면 처벌을 면할 수 있다고요?"

"네. 100% 가능한 건 아닙니다만, 그래도 가능성이 아주 높습니다."

정신병이 있는 경우 그로 인해 이루어진 행위에 대해서는 처벌을 하지 못한다.

예를 들어 정신병으로 도벽이 있는 경우, 그 사실을 입증하면 처벌이 이뤄지지 않는다.

실제로 월경 전 증후군 등으로 도벽이 있는 여성이 수차례 도둑질로 체포당했지만 그녀는 처벌받지 않았다.

일단 그게 하나의 정신병이라는 걸 인정받은 데다, 물건을 훔치긴 했으나 사용하지 않고 그냥 쌓아 뒀다가 도둑질이 끝난 후에 돌려줬기 때문이다.

"피해망상의 경우는 진단만 받을 수 있다면 외부에 적대적 행동을 하는 것에 대한 일종의 변명이 될 수 있죠."

"그게 가능한가요?"

"법이 그래요. 그리고 그런 경우, 상대방은 합의하는 것 말고는 딱히 방법이 없습니다."

형사처벌이 힘들거나, 한다 해도 아주 가벼운 처벌만 가능하기 때문이다.

그리고 그렇게 형사처벌이 약해지면 민사소송을 해 봐야 딱히 배상받을 것도 없다.

"더군다나 노형진 변호사에 비해 이쪽이 약자니까요."

노형진은 마이스터의 대리인이자 소문난 부자다. 그에 반해 이쪽은 피해망상을 겪고 있는 힘없는 정신병자일 뿐이다.

민사소송 자체야 가능하겠지만 판사들은 그런 경우에 배상금을 아주 적게 적용해 준다.

"어, 그러면 진짜로 병원에서 진단해 줄까요?"

"제대로 진단해야지요."

"하지만 회사에서 알게 되면……."

"모를 겁니다. 애초에 그건 개인 정보고, 회사에서 알 수 없는 정보입니다. 합의하게 되면 사건 기록도 남지 않으니까요. 회사에서 알게 되면 의사 협회에서 난리가 납니다."

그 말에 김은예는 심장이 벌렁거렸다.

그도 그럴 게, 만일 진단받지 못하면 자신의 인생이 박살 나는 게 명확하기 때문이다.

하지만 어떤 정신과 의사가 그런 걸 쉽게 끊어 준단 말인가?

"걱정하지 마세요. 사실 피해망상에 관련된 심리검사는 간단한 편이니까요. 그러니까 검사에서 무조건 부정적으로 답변하면 대부분의 경우 피해망상으로 나올 겁니다. 정 불안하시면 제가 여기저기에 알아보도록 하죠."

물론 그러기 위해서는 의뢰를 해야겠지만, 의뢰비만으로 해결할 수 있다면 차라리 그게 남는 일이라는 생각에 김은예는 고개를 끄덕거렸다.

이것이 법이다

혐오를 혐오하다

노형진의 예상대로였다.

정보를 받은 사람들은 너도나도 자신이 피해망상에 시달리고 있다는 사실을 증명하기 위한 진단서를 가지고 왔다.

"의외로 쉽게 나오네요."

"당연한 거지. 사실 한국에서 정신학과는 크게 안되니까. 게임을 왜 정신병이라고 하려 했겠는가?"

송정한 의원은 빙긋 웃었다.

요 근래 그가 열심히 돌아다닌 결과가 슬슬 드러나고 있었다.

정신학과는 수년간 게임과 인터넷, 심지어 SNS까지 중독의 영역에 넣어서 어떻게든 정신병 진단을 내리려고 노력했다.

왜냐하면 한국에서는 정신학과가 워낙 돈이 안 되기 때문이다.

그러다 보니 돈을 벌기 위해 눈이 돌아가 있었다.

심지어 여성부를 통해 게임 회사의 수익 10%를 내놓으라고 협박할 정도로 그들은 돈에 환장한 상황이었다.

"그런데 이건 진짜로 돈이 되는 것이지 않나?"

"그렇죠."

게임처럼 반발이 있는 것도, 다른 사람들처럼 말도 안 된다고 하는 것도, 당사자가 다른 중독처럼 중독이 아니라고 하는 것도 아니다.

사회적으로 혐오는 문제시되고 있고, 당사자가 제발 피해망상 진단을 해 달라고 요청하고 있으니 들어준다고 해서 문제가 될 것도 없다.

즉, 게임과 다르게 사회적으로 고립되거나 욕먹거나 반작용이 일어날 일이 없다.

당연히 정신과에서는 미래의 수익을 위해 기꺼이 그들에게 피해망상 진단을 내려 줬고, 슬슬 정신학회 차원에서 혐오는 피해망상성 정신병이라는 주장을 밀기 시작했다.

"그런데 이런 식으로 한다고 해서 사회 분위기가 바뀔까?"

"바뀝니다. 그 악명 높은 KKK단이 이런 식으로 몰락했으니까요."

"아, 그랬지."

백인 우월주의 단체인 KKK단은 한때 미국의 주류이자 가장 강력한 정치 집단이었다.

하지만 그 몰락은 아주 작은 곳에서부터 시작되었는데, 그건 바로 그 당시 인기 있었던 만화책에서 KKK단을 병신 집단으로 묘사한 사건이었다.

만화의 영향으로 사람들은 KKK단을 병신이라고 비꼬기 시작했고, 가입해 있던 사람들은 창피함을 느끼고 너도나도 탈퇴해 버렸다.

"이번도 마찬가지죠."

노형진은 엄청나게 쌓여 있는 진단서와 합의서를 톡톡 치면서 말했다.

"사건이 하나라면 그건 하나의 사건에 지나지 않습니다. 하지만 사건이 쌓이고 쌓여 만 개가 넘어가면 그건 통계가 됩니다."

그리고 지금 합의하러 온 대부분의 사람들은 너도나도 피해망상이라는 진단서를 가지고 오고 있었다.

그 비율은 대략 90%.

이 정도면 진짜로 혐오는 피해망상이라고 주장해도 과언이 아니다.

"그리고 이걸 이제 언론과 뉴스에서 떠들기 시작할 겁니다."

"그리고 의사들 역시 그에 대해 떠들기 시작할 테고 말이지."

실제로 유투브 등과 같은 개인 채널을 통해 이런 의견을 내는 정신과 의사들이 등장하고 있다.

"말은 참 잘 지어. 피해망상성 혐오주의라니."

자신이 특정 세력으로부터 존재하지 않는 피해를 입는다는 피해망상에 빠져서 세상을 혐오하는 정신병.

이게 최근 정신학과에서 나온 정식 명칭이다.

"그런데 틀린 건 아니죠."

혐오란 게 애초에 존재하지 않는 존재에게서 존재하지 않는 피해를 입었다고 주장하는 거다.

문제는 이게 딱 피해망상과 증상이 똑같다는 것.

"그동안은 사회운동이라는 가면으로 면피했지만 이제 그건 불가능해진 거고요."

아무것도 없다면 사회운동이라고 주장하겠지만 그와 관련된 통계에서 90%가 피해망상 정신병자라고 나왔다.

"전에 말한 그 개혁 운동가들의 문제랑 똑같은 거죠."

"맞네."

개혁 운동가들은 자신들에게 똥이 묻는 걸 싫어한다. 자신들이 하는 일의 정당성까지 의심받기 때문이다.

그런데 혐오성 발언을 하는 사람들의 90%가 피해망상 정신병자다?

아마도 인터넷에서 무조건적인 혐오주의자 발언을 하는

사람들은 분명 정신병자 취급당할 거다.

"그리고 이미 서로 죽창을 찔러 대고 있죠."

노형진은 미소를 지으며 말했다.

"이제 우리가 그들의 죽창에 정성스럽게 독을 발라 줄 차례입니다."

⚖

노형진이 만들어 낸 통계는 공개하지 않는다면 아무런 의미도 없다.

하지만 공개한다면 전혀 다른 문제가 된다.

"피해망상이라고요?"

"그렇습니다. 놀랍더군요. 저희가 조사한 대부분의 혐오주의자들이 극심한 피해망상 증상을 보이고 있었습니다."

"자세히 이야기해 주실 수 있나요?"

물론 이런 이야기는 공중파에서는 못 한다. 하지만 대롱에서 만든 인터넷 방송국에서는 가능하다.

더군다나 새론과 노형진이 여론의 눈치를 보는 집단도 아니니 이런 말을 한다고 해도 그에 반박하거나 공격할 집단은 없다.

설사 있더라도 그들은 다시 자신이 피해망상을 앓고 있다는 진단서를 들고 합의하러 와야 할 것이다.

"사실 처음에는 그저 일부의 이야기인 줄 알았습니다. 반혐오주의를 주장한 후에 저희 쪽으로 공격이 엄청나게 들어와서, 당연히 그들에 대한 소송이 벌어졌죠. 그런데 그 가해자의 가족들이, 자신의 가족이 피해망상으로 고통받고 있다고 하더군요."

"진짜일까요?"

"진짜일 수밖에 없죠. 의사의 정상적인 진단서를 가지고 왔으니까요. 그 숫자가 너무 어마어마해서, 혹시 몰라 나중에 온 가해자의 가족들을 설득해 피해망상 진단을 받도록 해봤습니다. 그랬더니 놀랍게도 그중 90% 이상이 피해망상 진단을 받았습니다."

그 말에 MC는 신기하다는 듯 눈을 크게 떴다.

하긴, 소송한 사람이 만 명이 넘는다던데 90% 이상이 피해망상 환자라면 기가 막힐 노릇이다.

"오수한 선생님, 이게 가능합니까?"

믿을 수 없다는 듯 MC는 동석한 정신의학과 의사에게 물었다. 그러자 그 말을 들은 의사는 고개를 끄덕거렸다.

사실 전문가 포지션으로 나왔지만 이권이 걸려 있으니 불가능한 건 아니었다.

"확실히 가능합니다. 한국은 전 세계에서 정신과 치료 비중이 가장 낮은 나라입니다. 진짜 사람을 죽일 정도의 범죄를 저지르거나 우울증으로 자살하기 직전이 아니면 정신과에 오지 않죠. 특히 피해망상의 경우는 더더욱 심각합니다."

"어째서 그런가요?"

"피해망상 환자는 자신이 피해자라고 생각합니다. 즉, 자신을 치료할 대상으로 인식하지 않는다는 거죠. 당연히 대부분의 피해망상은 극단적인 상황이 벌어진 후에야 진단됩니다. 그 전에는 정신과에 오지 않을 테니까요."

"극단적인 상황이라고 하면?"

"무차별적인 살인이죠."

"폭행은 없습니까?"

"애석하게도 그간의 통계를 보면 피해망상으로 인한 사건으로 취급되기보다는 단순 폭행으로 처벌이 이루어졌습니다. 그래서 단순 폭행 과정에서 피해망상이 밝혀지는 경우는 드물었죠. 그러한 일은 피해망상 환자를 더더욱 위험하게 만듭니다."

다른 사람이 보기에는 일방적으로 이루어진 폭행 사건이지만 피해망상에 빠진 가해자 입장에서는 그저 자신을 지킨 것뿐인데 세상이 자신에게 죄를 뒤집어씌우는 것처럼 느껴지게 된다.

"실제로 그렇게 되면 피해망상이 심해지고, 세상에 적대적인 태도를 취하게 됩니다. 그리고 심한 경우 살인까지 합니다."

"스스로 나아지는 경우는 없나요?"

"거의 없습니다. 오이젤 사건에서도 보다시피 말입니다."

오이젤 사건은 이런 사건이었다.

어떤 집에서 위층에 협박을 당한다고 방송국에 제보했다.

3년이 넘게 살인 협박에 항의에, 별짓을 다 당했다는 것이
다.

밤에 쿵쿵거리고, 시도 때도 없이 와서 문을 두들기고, 심
지어 죽인다고 칼을 들고 쫓아오기까지 했단다.

이러다 큰일 나겠다 싶었던 집주인은 경찰에 도움을 요청
했지만 경찰은 일이 벌어지기 전에는 방법이 없다면서 선을
그었고, 결국 최후의 수단으로 방송국에 제보했던 것.

그래서 방송국 제작진이 위층을 찾아갔는데, 위층에서는
3년째 아래층에서 오이 썩는 냄새가 올라온다면서 자신을
괴롭히려고 그러는 거라는 소리를 했다.

그 말을 들은 방송국 사람들은 이상하게 생각했다.

아래층에서는 아무런 냄새도 나지 않았으니까.

전문가를 불러서 검사해 보았지만 역시나 아래층에서는
아무 냄새도 나지 않았다.

그런데 이상한 것은 위층에서는 진짜로 냄새가 난다는 것
이었다.

당연히 자세한 조사가 이루어졌고, 그 결과 그 냄새는 아
래층이 아닌 위층에 방치되었던 오이젤에서 기인한 것으로
드러났다.

위층 주인이 오이젤을 사서 쓰다가 뚜껑을 제대로 닫지 않고 방치해서 썩어 냄새가 나는 거였다.

사실 정상적인 사람이라면 집 안에서 냄새가 나면 자신의 집 안부터 의심하고 정리하는 게 일반적이다.

하지만 그 사람은 무조건 아랫집을 의심하고 칼을 들고 죽이겠다고 쫓아갔었다.

"전형적인 피해망상 증상이지요. 만일 방송국에서 그걸 알아차리지 못했다면 어떻게 되었을까요? 어쩌면 진짜로 살인 사건이 벌어졌을지도 모릅니다."

"심각하군요."

"심각하죠. 문제는 이게 사회 전반으로 퍼지고 있다는 겁니다. 사회운동이라는 가면을 쓰고 말이지요."

특정 세력에 대한 혐오. 그리고 무차별적인 혐오.

"이런 혐오는 단순히 사회적으로 이런 일이 있다는 정도의 문제가 아닙니다. 정신병이죠."

노형진은 의사의 말에 첨언하듯 말을 이어 갔다.

"맞습니다. 그리고 더 큰 문제는 그걸 이용해서 이권을 챙기고 국가를 전복하려고 하는 세력이 있다는 거고요."

"중국 혐오주의 전파 사건 말이군요."

"네, 현재 조사 중이긴 하지만, 상당수 혐오성 발언이 중국 IP거나 계정이 도용된 흔적이 있습니다. 혐오가 강해질수록 한국은 점점 약해지고 분열됩니다. 문제는 이걸 중국만 쓰는 것도 아니라는 거죠."

"그런가요?"

"네. 당장 정당정치에서도 지역 혐오가 판치고 있으니까요. 더 웃긴 건 그런 지역 혐오 글들의 IP를 확인해 보면 엄청난 숫자가 중국이라는 겁니다."

노형진은 그렇게 말하면서 쓰게 웃었다.

"한국에 엄청난 수의 피해망상 정신병자들을 만들어 내는 그들이 원하는 건 과연 뭘까요?"

그 말에 누구도 대답하지 않았지만 사실 대부분이 답을 알고 있었다.

인터넷 방송이라지만 작은 규모가 아니었기에 그 반향은 크게 다가왔다.

사람들은 이유도 없는 무제한적이고 무차별적인 혐오가 정신병이라고 인식하기 시작했고, 그로 인해 인터넷의 흐름이 손바닥 뒤집듯 바뀌었다.

특히 흐름이 크게 바뀌어 버린 이들은, 다름 아닌 서로 죽창으로 찌르고 있던 인터넷 혐오주의자들이었다.

노형진이 인터넷 검색이라는 무기를 그들에게 쥐여 준 이후로 혐오주의자들은 서로가 서로를 무차별적으로 찌르면서 그들만의 싸움을 이어 가고 있었다.

　문제는 그 반작용이라는 게 반드시 일어난다는 거다.

　그들은 인터넷에서 상대방을 특정하고 그 가족이나 회사에 공격 대상이 한 그간의 비정상적인 발언들을 발송하는 방식으로 공격했다.

　당연히 그런 공격은 반작용으로 고소라는 정상적인 반응을 불러일으키기 마련이었다.

　일반인이라면 애초에 고소를 걱정해서 멍청한 짓을 하지 않았겠지만, 머릿속이 혐오로 가득 차 있던 비정상적인 인간들은 고소가 들어올 거라는 당연한 생각조차도 하지 못했다.

　그렇기에 그들은 갑작스러운 고소에 기겁했다.

　당연하게도 어떻게 해서든 상황을 벗어나려고 노력하기 시작했다.

　그러던 차에 그들은 기존의 사례에 대해 알게 되었다.

　"피해망상요?"

　"네. 그쪽으로 이야기하시는 방법뿐입니다."

　"아니, 저는 멀쩡한데……."

　변호사는 의뢰인의 말에 속으로 욕을 내뱉었다.

　'멀쩡하기는 개뿔.'

　단순히 인터넷에서 싸움이 붙었다는 이유로 상대방의 신상을 털고 부모와 회사 그리고 친구들에게까지 상대방이 한 혐오와 증오 발언들을 그대로 복사해서 보냈다.

당연히 피해자는 회사에서 잘리고 사회적으로 고립되었고, 부모는 충격을 받아서 쓰러졌다.

금이야 옥이야 키웠더니 인터넷에서 특정 지역 사람을 모조리 찢어 죽여야 한다고 떠들어 댔으니 얼마나 어이가 없겠는가?

더 웃긴 건 그 인간부터 부모까지, 온 가족이 그 특정 지역에서 나고 자란 사람들이라는 거다.

그런데 그딴 식으로 말했으니 충격받지 않을 리가 없다.

'이 사건은 가해자나 피해자나 둘 다 병신, 아니 정신병자들이기는 한데.'

변호사가 보기에는 둘 다 정신병자였다.

더군다나 최근에는 이런 의미 없는 무차별적인 혐오 역시 정신병으로 분류하는 분위기가 아니던가?

하지만 정신병자의 돈이라고 해서 돈이 아닌 것은 아니다.

"일단 상대방에게는 합의 의사가 없습니다. 이대로는 진짜 감옥에 가십니다."

그 말에 사태를 일으킨 범인은 침을 꿀꺽 삼켰다.

사실 상대방은 합의할 이유가 없다. 아니, 이 상황에서 합의하면 병신이다.

부모님은 쓰러지고, 그로 인해 집안에서 손절당하고, 회사에서는 이미 한참 전에 잘렸다.

당연하다. 회사가 있는 곳이 바로 그 지역이니까.

당연히 같이 일하던 사람들도 그 지역 사람들.

자기들을 찢어 죽여야 한다는 미친놈을 회사에, 그것도 중장비로 가득한 회사에 둘 수는 없으니까.

그랬다가 진짜로 중장비로 밀어 버리면 이만저만 대참사가 아닐 것이다.

당연히 태어난 이후 줄곧 한 지역에서만 살았던 그의 인생은 완벽하게 박살 났다.

인터넷에서 혐오를 배워 특정 지역에 대한 혐오만 외치던 그는 인터넷과 철저히 분리되어 있던 자신의 실제 인생이 박살 나는 것은 용납할 수 없었고, 당연히 합의 의사도 전혀 없었다.

"어떻게 해서든 처벌을 줄여야 하니까 정신이상, 정확하게는 피해망상이라고 주장하셔야 합니다."

"어째서요? 저는 멀쩡해요. 그런데 왜 제가요? 저는 피해자라고요!"

가해자는 정말 억울한 듯 말했다. 하지만 변호사는 단호했다.

"원래 피해망상은 자기가 피해자라고 착각합니다."

"아니, 어떻게 저한테 이럴 수 있는 거예요?"

"현실이 그렇습니다. 이제 와서 피해자라고 주장해 봐야, 피해 입으신 거 있습니까?"

없다.

애초에 자신과 싸운 그 인간의 얼굴은커녕 이름도 모른다.
심지어 신상을 털어 내기 전까지는 그 인간이 바로 옆 동네
에 산다는 사실도 몰랐다.

더 웃긴 건 초등학교부터 중학교, 고등학교까지 같은 학교
에 다녔다는 것이다.

다만 반이 달라서 서로 모르고 지냈을 뿐.

"피해를 입으신 적도 없는데 그 사람에게 왜 그렇게 증오
와 혐오에 찬 발언을 하신 겁니까?"

"그건⋯⋯."

그냥 그놈이 미웠다.

처음에는 정치적 의견 차이였다.

아니, 정치적인 것도 아니었다.

그놈은 자신을 욕했고 자신도 그놈을 욕했다.

그래서 빡쳐서, 인생을 조져 버리려고 신상을 털어 버린
거다.

"이대로는 처벌을 피할 수 없습니다. 일단 피해망상이라
고 주장하시면서 처벌을 줄여야 합니다."

합의가 불발된 이상 그것이 거의 유일한 선택지였다.

"나는 피해자라니까요!"

'피해자는 개뿔. 피해망상 맞구먼.'

이미 사건과 관련된 대화 내역을 읽어 봤다.

변호사 입장에서는 두 놈 다 그냥 미친놈이었다.

이것이 법이다

어떻게 한 번도 본 적 없는 사람에게 이렇게 극단적인 혐
오감을 드러내나 싶었다. 이 정도 패드립은 진짜 부모의 원
수가 아니면 못 할 수준이었다.

"그러면 방법은 없습니다. 그냥 재판을 받으시는 수밖에
요."

문제는 이쪽이 오프라인으로 선빵을 쳤다는 거다. 그리고
저쪽에서는 그로 인해 피해가 발생했다는 거고.

이런 경우 불리한 건 이쪽이다.

"그런……."

의뢰인은 울상이 되었다.

그렇잖아도 집에서 놀고 있던 자식이 큰 사고까지 쳤으니
부모가 뭐라고 할지 두려울 뿐이었다.

⚖️

인터넷과 언론 그리고 정신의학회가 나서서 혐오는 정신
병이라는 식으로 주장하면서 밀고 나가자 분위기는 완전히
반전되었다.

 -전라치 새끼들 뒈졌으면.
 -여기 또 정신병자 왔네.
 -아니, 부모란 인간들이, 자식이 정신병을 앓고 있는데 그냥 두다

니 제정신이야?

―정신병은 치료할 수 있는 병입니다. 희망을 잃지 마세요. 여기에 도움이 될 만한 곳을 적어 놨습니다.

대광 정신병원 031-○○○-○○○○.

한광 정신병원 032-○○○-○○○○ ······.

일종의 유행이라고 해야 할까?

그동안은 인터넷에서 누군가 혐오 발언을 토해 내면 다른 사람들은 그에 발끈해서 곧 개싸움이 벌어졌다.

하지만 요즘은 좀 달라졌다.

혐오 발언을 토해 낸 사람을 미친놈 취급하고 끝났다.

아니, 그걸 넘어서서, 미친놈 취급하면서 노는 게 하나의 밈이자 문화가 되어 버렸다.

어차피 정신병자에게는 말이 통하지 않는다. 그러니까 그냥 놀리자는 것.

당연하게도 혐오주의자들의 속은 터져 나갈 것만 같았다.

"아니, 씨팔. 내가 또 뭘 어쨌다고?"

특정 정당을 지지하던 곽도발은 자신의 글에 달리는 댓글을 보면서 기가 막혔다.

전에는 혐오 발언으로 도발하는 이런 글을 쓰면 전라치 새끼들이나 빨갱이 새끼들이 달려들어서 싸움을 벌였고, 그들과 싸워서 이기면 그들을 계몽시킨다는 생각에 뿌듯해졌다.

그런데 요 근래에는 싸움이 없었다.

싸움은커녕, 이런 식으로 도발하면 저렇게 정신병자 드립을 하거나 정신병원 전화번호를 올리는 식으로 자신을 놀렸다.

발끈해서 뭐라고 공격하면 거기에 달리는 댓글은 '약 먹을 시간입니다.' 정도.

전에는 자신이 발끈하는 빨갱이 새끼들을 보면서 키득거렸는데 이제는 역으로 상대방이 자신을 놀리면서 키득거리고 있으니, 분노로 눈이 돌아가 버릴 지경이었다.

"이런 씨발!"

그는 자신도 모르게 키보드를 있는 힘껏 내리쳤다.

자신은 국민 계몽을 위해 이 한 몸 바쳐서 노력하고 있는데 죄다 자신을 정신병자 취급하고 있었다.

"내가 지금 왜 이러고 있는데! 니들 일깨워 주려고 취업도 안 하고 이러고 있는데!"

나라의 발전을 위해 자신만이 할 수 있는 일을 하려고 취업도 안 하고 먹을 것도 줄여 가면서 노력하던 곽도발은, 자신을 이런 식으로 취급하는 인간들을 보고 있자니 열불이 터져서 미칠 것 같았다.

"그래, 해보자, 이 새끼들아."

눈이 돌아간 곽도발은 다시 한번 자세를 잡고 인터넷에 글을 올렸다.

一이 빨갱이 새끼들 쫄았네. 먹고살기 힘들지? 이게 다 빨갱이 때문이야. 빨갱이를 때려잡아야 나라가 발전한다. 그리고 전라치는 싹 다 죽여야 해.

　一응, 정신병.

　一부모님이 얼마나 애가 탈까? 열 달을 고이 품고 있다가 힘들게 세상에 내놓은 게 정신병자라니.

　하지만 이제는 전처럼 자신에게 발끈하는 사람이 없다. 이미 자신에 대해 너무 잘 알고 있기 때문이다.

　곽도발이 해당 커뮤니티에서 나름 네임드였기에 그가 정신병 발언에 발끈한다는 소문도 빠르게 퍼진 상태였다.

　一부모님 힘내세요.

　一이거 모금이라도 해 줘야 하는 거 아냐? 부모님이 얼마나 가난하면 저런 새끼를 정신병원에도 못 보내겠어?

　一모금하면 기부할 의사 있습니다. 계좌 주세요.

　"이런 씨팔, 미치겠네."

　곽도발은 이제는 자신을 놀리는 댓글들을 보면서 이를 뿌드득 갈았다.

　"도발아, 방에 있니?"

　그 순간 밖에서 들리는 부모님의 목소리.

곽도발은 소리를 버럭 질렀다.

"아, 씨팔! 또 뭔데!"

"아니, 괜찮은가 해서……."

"내가 일할 때는 방해하지 말라고 했지, 씨팔!"

부모님의 말에 곽도발은 흥분했다.

'무능한 새끼들 같으니라고.'

곽도발은 부모만 보면 속에서 열불이 터졌다.

부모가 무능하지 않았다면, 부모가 돈이 좀 더 있었다면 자신은 탄탄대로의 성공한 삶을 살았을 것이다.

하지만 그의 부모가 무능했기 때문에 자신의 인생이 망가졌다.

그는 자신의 인생이 자신의 잘못으로 망했다고 생각하지 않았다. 자신을 시기하는 잘못된 세상과 무능한 부모 때문에 망했다고 생각했다.

물론 그건 그저 자기변명일 뿐이었다.

곽도발의 부모님은 부자는 아니지만 가난한 것도 아니었다.

사실 강남에 40평 자가 주택을 가지고 있다는 것만으로도 실패했다는 소리는 절대로 듣지 않는 부모님이었다.

하지만 곽도발은 달리 생각했다.

다른 친구들처럼 금수저였다면 자신의 인생은 달라졌을 거라고.

"씨팔, 씨팔."

그는 화가 났다.

기회만 있었다면, 세상이 자신의 능력만 알아줬다면 자신이 이렇게 시궁창에 처박히지는 않았을 거다.

"도발아, 잠깐 나와 봐. 할 말이 있어서 그래."

엄마의 간절한 부탁.

"아가리 닥쳐, 좀! 나 바쁘다고!"

소리를 버럭 지른 곽도발은 시선을 다시 인터넷 창으로 돌렸다.

"오냐, 새끼들아. 오늘 끝장을 보자."

화가 날수록 그는 저 화면 너머에서 낄낄거리는 놈들이 미웠다.

그는 인터넷 창을 여러 개 켜고 다중 계정으로 접속했다.

"숫자에서 밀려? 그럼 숫자를 늘리면 되는 거지."

다중 계정으로 밀어붙이면 대부분의 빨갱이들은 정신을 못차리고 도망간다. 그는 이번에는 기필코 이길 생각이었다.

그러나.

"부수세요."

아버지의 근엄한 목소리.

그 안에는 절망감과 포기 그리고 독한 결심이 서려 있었다.

"뭘 부수…… 으아아악!"

그 순간 문 한구석이 박살 나면서 커다란 망치가 모습을 드러냈다. 얇은 합판으로 된 문이 충격을 버티지 못한 것이다.

쾅! 쾅!

상대방은 그 비명을 듣고도 멈추지 않았다.

도리어 더더욱 가열하게 문을 박살 냈다.

"으아악!"

공포에 휩싸인 곽도발은 다급하게 책상 아래로 몸을 피했다.

그때 문에 난 구멍으로 손이 쑥 들어왔다.

그 손은 잠긴 문고리를 돌려 열었고, 곧이어 일단의 사람들이 안으로 들어왔다.

"당신들 누구야!"

하얀 가운을 입은 건장한 남자들.

그리고 그들의 뒤로 곽도발의 아버지가 같이 들어왔다.

"뭐 하는 짓거리야, 씨팔!"

"도발아, 뭐 하나만 묻자. 이 글 쓴 거, 너 맞냐?"

그의 앞에 떨어지는 제법 두툼한 서류.

그걸 본 곽도발의 눈빛이 묘해졌다.

빨갱이는 다 죽여야 한다.

김치년들이 나라를 망친다.

군무새 새끼들. 군대 갔다 온 게 자랑이야?

온갖 혐오로 가득 차 있는 종이.

사실 저런 글을 썼는지는 기억이 확실하지 않다. 하지만 거기에 표시된 닉네임들은 자신의 아이디가 맞았다.

"그래서 뭐? 씨팔. 이제는 내 뒷조사까지 하고 다녀?"

화가 나서 소리를 지르는 곽도발.

그 말에 절망적으로 고개를 숙이는 아버지.

그때 그 뒤에서 목소리가 들렸다.

"아버님, 곽 군은 이미 심각한 피해망상 증상을 보이고 있습니다. 이대로는 분명 누군가를 해칠 겁니다."

"……."

"결단을 내리셔야 합니다."

그러면서 앞으로 나오는 남자.

그도 하얀 가운을 입고 있었다.

다만 다른 사람들의 짧은 가운에 비해 그의 가운은 긴 편이었다.

"당신 뭐야?"

"정신의학과 선생님이시다."

"정신의학과?"

아버지의 말에 곽도발은 당혹감에 휩싸였다.

그러자 긴 가운의 남자가 그를 바라보며 말했다.

"아무래도 너는 치료를 받아야 할 것 같군."

그러고는 곽도발의 아버지를 돌아보았다.

그의 시선을 받은 아버지는 힘겹게 고개를 끄덕거렸다.

그러자 건장한 두 남자가 곽도발에게 다가왔다.

"뭐? 잠깐. 씨팔! 놔! 안 놔? 놓으라고, 이 개 같은 새끼들아!"

곽도발은 끌려 나가지 않기 위해 몸부림쳤다.

그에게도 상식은 있다. 이들이 자신을 정신병원에 강제 입원시키기 위해 왔다는 것을 추측하는 건 어렵지 않은 일이었다.

"놓으라고! 야, 이 개새끼들아! 고소할 거야!"

"흑흑, 도발아."

어머니는 그런 곽도발을 보면서 눈물을 흘렸지만 말리지는 않았다. 그녀 역시 자식에게 치료가 필요하다고 생각했기 때문이다.

"놔! 놓으라고!"

몸부림쳤지만 이런 일에 익숙한 건장한 사내 두 명을 힘으로 이길 수는 없었다.

"놔!"

비명을 지르며 끌려가던 곽도발의 눈에 마지막으로 보인 것은 누군가가 쓴 글이었다.

－혐오는 정신병입니다. 당장 가서 치료받으세요.

⚖

"최근에 자기가 피해망상이라고 주장하는 사례가 늘어나

고 있더군."

송정한은 기가 막힌다는 듯 말했다.

노형진에게 혐오에 대해 어떻게 대응책이 없느냐고 물을 때만 해도 중국의 혐오 전략을 막는 것만으로도 다행일 거라 생각했다.

하지만 노형진은 그 대신에 혐오라는 것 자체가 아예 발붙이지 못하게 만들었다.

"제가 만든 사례가 있으니까요. 스스로를 지키기 위해 그걸 차용하겠지요."

송정한은 기가 막힌다는 듯 웃었다.

"그래서 그놈들을 죄다 정신병자로 만든 건가?"

"뭐, 틀린 말은 아니지 않습니까?"

"틀린 말이 아니기는 하지."

노형진이 뿌린 인터넷 죽창으로 서로 찔러 대던 혐오주의자들은 스스로를 지키기 위해 자신은 피해망상 환자라는 방패를 들고나왔고, 당연히 이런 혐오주의자들 사이에서 피해망상 환자들의 숫자는 늘어만 갔다.

그리고 그게 통계로 잡히기 시작하자 사람들은 점점 혐오주의자들을 미친놈 취급하기 시작했다.

당연하게도 그동안 혐오로 먹고살던 수많은 사람들은 난리가 났다.

일단 영광당만 해도, 혐오 지지 세력이라는 이미지 때문에 당원들의 이탈이 엄청나게 빠르게 이루어지고 있었다.

"이리될 줄 알고 뿌린 건가?"

"네. 사실 피해망상 환자로 진단받아서 처벌을 면하거나 합의에 이르게 되면 아무래도 책임이 약해지니까 당연히 그 방법을 쓸 거라 생각했습니다."

하물며 새론조차도 그 방법에 어쩔 수 없이 합의해 줬다는 소문이 파다하게 도는데 그 방법을 쓰지 않을 사람은 없었다.

"아마 당분간은 혐오를 이용한 정치질은 힘들 겁니다. 중국에서 어떻게 할지는 모르겠지만요."

"당분간?"

"혐오는 돈이 되거든요. 그리고 권력도 되고요."

노형진은 안타깝게 말했다.

"혐오 자체를 박멸하는 건 불가능합니다. 애초에 그걸 가장 원하는 게 정치인이니까요."

"하긴, 그건 그렇지."

선거철이 되면 국회의원들이나 정치인들이 가장 많이 쓰는 방법이 네거티브, 즉 혐오의 자극이다.

근거도 없는 비난과 모욕 그리고 주장이 넘쳐 난다. 이 모든 게 상대방에 대한 혐오감을 일으키기 위해서다.

"정신병이라는 프레임으로 혐오 조장을 막기는 했지만 일단 중국의 공격을 단시간 막는 것 말고는 효과가 없을 겁니다."

"끄응."

지금이야 혐오 공격이 중국의 공작이라는 소문에 정신병이라는 주장까지 있으니 섣불리 어찌하지 못하겠지만, 선거철이 되면 국회의원들은 또다시 너도나도 혐오 전략을 들고 나올 테고 감히 국회의원에게 미친놈이라고 하는 사람은 없을 거다.

　　"하지만 최소한 인터넷에서는 혐오 세력이 힘을 쓰지 못할 겁니다. 그리고 그런 혐오주의자가 지지하는 정치인이 좋은 이미지를 가지기는 힘들겠지요."

　　"결국 한 걸음 앞으로 나간 거군."

　　"언제나 그렇죠."

　　노형진은 쓰게 웃었다.

　　"그 한 걸음이 중요한 거 아니겠습니까?"

　　인간의 역사는 한 걸음 앞으로 가는 것보다는 열 걸음 뒤로 가는 게 훨씬 쉽다.

　　언제나 그랬다. 기득권이 그 한 걸음을 열 걸음 뒤로 물리기 위해 온갖 발악을 해 왔기 때문이다.

　　역사에서의 그 한 걸음은 진짜 힘든 한 걸음이다.

　　"그렇지. 그게 중요한 거지."

　　송정한도 쓰게 웃을 수밖에 없었다.

지역이기주의

시간은 흐르고 사람은 나이를 먹는다.

한때 소녀였던 서세영은 한 명의 변호사가 되어 있었다.

처음에는 경찰을 꿈꿨지만 그 조직이 얼마나 부패했는지, 그리고 얼마나 비합리적인지 깨닫고 입학했던 학과를 그만 두고 법대로 방향을 바꾼 것이다.

그리고 오늘, 드디어 그토록 원하던 곳에 도착했다.

"올~ 세영이 오랜만이네."

"안녕하세요, 무 변호사님."

"세영이가 우리 회사에서 출근하다니 이게 웬일이야?"

"무태식 변호사님 애들은 잘 크죠?"

서세영은 새론에 출근했다.

변호사의 길을 선택한 시점에서부터 그녀의 목표는 새론이었다.

물론 새론이 원한다고 해서 다 들어올 수 있는 곳은 아니다.

실력도, 인품도 인정받아야 하는 곳이 바로 새론이기에 서세영은 이곳에 오기 위해서 많은 노력을 했다.

물론 노형진이 원한다면야 새론에 서세영을 꽂아 넣는 것은 어렵지 않았을 것이다. 사실상 개국 공신에 회사 내부에서 2인자인 노형진이니까.

거기다가 그녀는 대학에 다니던 시절부터 방학마다 여기서 아르바이트를 했기 때문에 여러 변호사들과 안면이 있어서 다들 거부하지 않았을 것이다.

하지만 서세영은 당당하게 들어오겠다고, 서류 면접부터 시작해서 모든 테스트를 거쳐 인정받아서 정식으로 새론에 들어오는 데 성공한 것이다.

"오, 세영이 왔구나. 이야, 이제 시집가도 되겠다."

"김 대표님, 저 아직 그럴 나이 아니에요."

"아니긴. 가야지. 너도 나이가 있는데."

김성식 뒤에서 슬며시 나타나는 노형진.

"야, 너도 이제 20대 후반이야."

"오빠, 요즘은 늦게 결혼하는 게 대세야."

"옛날 같으면 애가 셋인 나이에 뭔 소리야?"

"그런 오빠는? 식 안 올려? 아니, 오빠쯤 되는 사람이 혼인신고만 하고 산다는 게 말이 돼?"

"아, 귀찮아."

"귀찮다고 끝날 일이냐고, 그게."

노형진은 그 말에 긴 한숨을 내쉬었다.

"네가 가능성을 생각해 보지 않아서 그래."

사실 손채림과 노형진이 함께 산 지는 오래되지 않았다.

하지만 정식으로 혼인신고까지 했으니 부부. 결혼식은 하지 않았지만.

물론 처음에는 그럴 생각이 없었다. 하지만……

"그랬다가는 나라가 뒤집어질 테니까 어쩔 수 없는 선택이라네."

김성식은 피식 웃으며 말했다.

"네?"

"나도 그 소리를 안 해 본 건 아니야. 그런데 노형진이 결혼식을 한다고 알리면 어떻게 될 것 같나?"

"그거야……."

노형진의 말을 듣고 잠깐 생각에 잠겼던 서세영도 금방 현실을 알아차렸다.

"그렇겠네."

"돈이 많다는 건 말이지, 때로는 믿을 놈이 없다는 뜻이기도 해."

노형진이 결혼식을 한다? 물론 할 수는 있다.

하지만 손채림의 집안에서는 어머니 말고는 가족이 단 한 명도 오지 않을 거다.

아버지와는 의절했고, 집안에서는 오로지 손채림의 아버지만을 인정해 주니까.

외가에서도 오지 않는다. 왜냐하면 외가에서는 손채림의 어머니에게 이혼하지 말라고 했으니까.

그들 입장에서는 더 빨아먹을 수 있는데 이혼한 형제가 싫을 수밖에 없었다.

외할머니, 외할아버지는 이미 다 돌아가셨고.

그러면 노형진의 친가는 어떨까? 그쪽도 마찬가지.

사실상 노형진의 집안도 재산으로 인해 개싸움 나서 파탄 난 지 오래다.

노형진이 성공하기 전에도 은근히 아버지를 무시하고 뜯어먹으려고 하던 친척들은 노형진이 성공하고 그의 조언으로 아버지 노문성 역시 성공하자 노골적으로 돈을 요구했기 때문이다. 그리고 싸움 끝에 연을 끊었다.

단순히 도움을 요구하는 것을 떠나서, 아예 자기들이 호화롭게 살 수 있게 먹여 살리라고 요구하던 친척들이었다.

그리고 그걸 어린 시절부터 남매처럼 살아온 서세영은 알고 있었다.

한 번은 사업하다 망한 친척이라는 놈이 돈을 내놓으라고 차로 문을 박살 내면서 밀고 들어온 적도 있었다.

더 웃긴 건 그 사업이 망한 이유도 '망해도 친척 형인 노문성이 막아 주겠지.'라고 생각하며 막 굴려서였다.

"그렇다고 정말로 아무도 오지 않을 건 아니잖아?"

"아니지. 그래서 더 문제야. 나 결혼한다고 하면? 누가 올 것 같냐?"

"그거야……."

"일단 유민택 회장님은 기본적으로 오시겠지."

"아……."

유민택만 올까? 아마 전 세계에서 내로라하는 사람들이 다 올 거다.

진짜 헛기침 한 번에 나라를 뒤집어 놓을 수 있는 인간들이 우르르 방문할 테니, 농담이 아니라 대한민국은 발칵 뒤집어질 거다.

"그 사람들 숙소에 동선에 경호에…… 대가리 빠개진다."

돈? 당연히 그 정도 돈은 있다. 문제는 그러한 것들에까지 신경 쓰기 귀찮다는 거다.

그렇잖아도 생각이 많은 결혼이다.

"언니는 허락한 거야?"

"식 올리지 말자고 한 게 채림이다."

결혼식 이야기가 나오자 청첩장을 뽑다가 먼저 질려 버린 게 손채림이었다.

노형진은 업무를 보고 정책을 짜지만 인맥을 관리한 건 손 채림이다.

전 세계의 유명한 사람들과 다 선이 닿아 있던 손채림은, 명단을 짜던 중에 이러다 일 터지면 대한민국 뒤집어진다는 걸 직감적으로 느꼈다.

전 세계 재벌 순위 1천 위 안에 드는 사람들은 무조건 올 테고, 전 세계 정치인과 좀 국력이 약한 나라의 대사급까지 모일 정도의 결혼식이 될 게 뻔하니까.

"관리하는 인맥만 따져도 수천인데 이게 또 골치 아프거든."

일단 수천 명을 다 부를 수는 없다.

거기다 아무리 오지 말라고 해도 각 나라의 기자들이 달려올 테고, 그들과 선을 만들어 보려고 하는 사업가들이 슬쩍 얼굴을 비치려고 할 건 뻔하다.

그들을 모두 커버할 예식장도 없다. 그렇다고 문화예술의 전당 같은 곳을 빌려서 결혼식을 할 수는 없고.

"그렇다고 누군 부르고 누군 안 부르면?"

"아, 그렇겠네."

가령 전 세계 자산 순위 200위까지 딱 잘라서 불렀다고 치자.

그러면 201위는 기분이 안 나쁠까? 202위는 또 어떻고?

"더군다나 이 자산 순위라는 건 변동하는 거잖아."

이 사람이 올해는 201위지만 내년에는 150위가 될 수도 있다.

당장 순위가 높은 사람들은 대부분이 투자자산이기에 뭐 하나만 날아가도 수백억 원은 우습게 왔다 갔다 할 테니까.

"장기적으로 보면 그런 걸 구분하는 건 좋지 않아."

전략적 제휴를 통해 기업을 운영하는 산업체라면 관련자만 부르면 되지만, 기본적으로 마이스터는 투자사. 전 세계에 선이 닿아 있다.

"너 같으면 어쩔래?"

"아…… 그렇겠네."

결혼식에서는 신랑과 신부가 주인공이 되어야 하는데 수천 단위가 넘는 글로벌급 재벌들이 몰려오는 상황에서 그렇게 될 리가 없다.

가족끼리의 조촐한 결혼식? 그 가족이라는 놈들에게 손절당했으니 올 사람이 없다.

"아쉽네."

"하나도 아쉽지 않아."

노형진은 단호하게 선을 그었다.

"그러면 나라도 빨리 시집가야겠네."

"제발 그래라. 내가 내 동생 시집간다고 전 세계에 청첩장 쫘악 뿌려 줄게."

그 말을 들은 서세영은 얼굴이 사색이 되었다.

남 일일 때에는 아무렇지도 않았는데 그게 자기 일이 된다고 생각하자 앞이 캄캄해졌다.

천하의 노형진도 커버 불가라며 손들고 나가 버렸는데 과연 일반인이 버틸까? 아마 결혼이고 뭐고 신랑이 '빤스런'을 하게 될 거다.

"조용히…… 하자. 조용히."

"하하하, 남매가 재미있게 사는구먼."

김성식은 빙긋 웃었다.

"그나저나 오늘 결심은 하고 온 거지?"

"넵!"

"좋아. 그러면 바로 업무에 투입하지."

"네? 견습 기간도 안 거치고요?"

"뭐, 세영 양이…… 아니다, 이제는 제대로 불러야겠군. 서세영 변호사야 견습 기간을 거칠 이유가 있나?"

그건 그렇다.

로스쿨을 다닐 때도 방학 때마다 새론에 와서 일했고, 따로 노형진에게 배운 것도 많아 어지간한 변호사보다 지식도 풍부하다.

굳이 견습하면서 업무를 진행할 이유는 없는 것이다.

"노 변호사, 이번에 자네가 담당하는 사건 있지? 그걸 같이 하는 건 어때?"

"제 사건요? 아, 상상동 사건 말씀이십니까?"

"그래. 사실 일반 변호사들은 겪어 볼 일이 없는 사건 아닌가? 자네가 자세하게 알려 주면 좋을 것 같구먼."

"뭐, 그러죠."

노형진은 고개를 끄덕거렸다.

그렇잖아도 다수의 변호사들이 동원되는 사건이다. 거기에 서세영이 들어가는 것 정도야 문제 될 것 없었다.

서세영은 의아한 눈으로 노형진을 쳐다보았다.

"상상동?"

"일단 가자. 가면서 이야기해 줄게."

"어어어?"

⚖️

노형진을 따라간 서세영은 차의 조수석에 탔다. 그리고 질문을 던졌다.

"상상동 사건이 뭔데?"

노형진은 부드럽게 운전하면서 대답했다.

"상상동이라는 동네가 있는데, 거기에 장애인 시설이 들어가거든."

"장애인 시설?"

"응. 대룡장애인복지병원."

대룡은 오랜 기간 자선사업에 신경을 써 왔다.

그리고 오랜 계획 끝에 상상동이라는 곳에 장애인 전담 복지 병원을 만들기로 했다.

"그런데 동네 주민들이 들고일어났어."

"아니, 왜?"

"뻔하지, 지역이기주의."

사건 자체는 간단했다.

오랜 시간에 걸친 자선사업에 더불어 미국에서 노형진 덕분에 의료 재단을 인수한 후, 대룡은 그쪽 분야에서 빠르게 성장하고 있었다.

성장은 어찌 보면 당연한 거였다.

원래 대룡병원이 있었고 실력도 최고였는데 거기에 미국에서 개발된 최신 기술이 접목된 거니까.

"그런데 너도 알다시피 대룡병원은 비싸기로 유명하잖아."

"그렇지. 한국 최고의 병원이잖아."

그럼에도 불구하고 매일같이 미어터지지만.

"그런데 여기서 문제가 생긴 거야. 절박한 사람들에게 돈이 문제겠냐?"

자식이 장애인인 사람들. 그들은 어떻게 해서든 대룡병원에서 자식들이 치료받기를 원했다.

하지만 기본적으로 대룡병원은 일반인도 예약을 잡기 힘든 병원이다.

더군다나 환자의 대부분이 일반인이기에 장애인에 대한 배려도 부족하다.

내부는 호화롭게 꾸며져 있지만 장애인 친화적이진 않았다.

"그래서 아예 생각을 바꾼 거지. 복지 차원에서 따로 장애인 병원을 세우자고."

"좋은 생각이네."

사람들은 잘 모르지만, 병원에는 급이 있다.

보통 생각하는 급을 나눈다는 뜻이 아니라 분류로서의 급이다.

3급은 지역의 의원이나 개인 병원이다. 가장 가격이 싸고 빠르게 진료받을 수 있지만 주요 검사 장비가 없어서 정확한 진단은 좀 어렵다.

2급은 좀 큰 병원이다. 한 지역에서 대형 병원에 들어가고 충분한 병상이 확보되어 있으며 기본적으로 어느 정도 검사 장비가 갖춰져 있다.

1급은 대기업 병원 또는 대학 병원이다. 엄청난 숫자의 병상과 응급 대기 시스템 그리고 최신식 검사 장비가 스물네 시간 돌아간다.

"당연히 급이 높아질수록 가격은 비싸지지."

"그거야 알지."

"그런데 대롱에서는 이번에 그 병원을 2급으로 신청하기로 했어."

"뭐? 그게 가능해?"

관련 서류를 넘겨받아서 살피던 서세영은 깜짝 놀랐다.

그도 그럴 게 병원의 규모가 어마어마했기 때문이다.

지하 7층에 지상 15층, 대지만 3천 평이나 되는 거대한 병원이니까.

"가능하지. 애초에 급을 신청하는 건 병원의 선택이니까."

물론 3급 병원 규모로 1급을 신청하는 건 불가능하다. 하지만 1급 규모로 2급을 신청하는 건 가능하다.

"3급을 신청하면 아무래도 적자를 면하지 못하니까 2급으로 신청한 거지."

장애인들의 치료 시설과 재활 시설은 엄청나게 부족하다. 그렇다 보니 그런 곳이 들어서면 엄청나게 사람이 몰렸다.

아무리 자선이라지만 대롱이 엄청난 적자를 뒤집어쓸 수는 없는 노릇.

그 결과 2급으로 신청해서 수익을 최소화하는 선에서 병원을 운영하자는 의견이 나온 것이다.

"그래서 병원을 다 짓고 이제 허가만 기다리고 있었지."

"그런데?"

"그런데 지역 주민들이 혐오 시설이라고 들고일어난 거야."

노형진의 말에 서세영은 눈을 찡그렸다.

흔하게 듣긴 하지만 솔직히 마음에 드는 이야기는 아니었으니까.

지역이기주의. 혐오 시설이 내 주변에 존재해서는 안 된다는 주장.

"그래서 지금 허가가 나지 않고 있는 거야?"

"응. 장난 아니거든."

지역 주민들은 머리를 빡빡 밀고 온몸을 쇠사슬로 동여맨 채 병원 입구에서 버티고 있었다.

그러자 이 정도로 극렬한 반응이 올 거라 생각하지 못한 대룡에서는 곤혹스러워하다가 결국 새론에 사태 해결을 부탁한 것이다.

"이런 시설 때문에 집값이 떨어진다고? 기가 막히네. 집값이 떨어져 봤자 얼마나 떨어진다고."

서세영의 말에 노형진은 코웃음을 쳤다.

"집값이 떨어지긴 뭘 떨어져. 도리어 오르지."

"응? 오른다고?"

"장애인 시설이 생기면 집값이 떨어진다고 난리를 피우는데 말이지, 그동안 장애인 시설이 생긴 지역을 보면 도리어 집값이 올랐어."

"응? 어째서?"

"당연하지. 장애인을 케어하는 부모들이 어디로 가고 싶어 하겠어?"

"아!"

전국에 장애인 시설은 많지 않다. 특히 재활 시설은 진짜로 희귀하다.

각 지역에서 장애인 병원을 짓는다고 하면 기존 주민들이 눈깔을 까뒤집고 덤벼들기 때문이다.

"그래서 장애인 시설이 생기면 의외로 집값이 올라. 장애인을 케어하는 사람들이 거기에서 살고 싶어 하거든."

가족 중에 장애인이 없었던 사람들은 결코 이해하지 못할 만큼 그들의 삶은 힘들다.

밥도 챙겨 줘야 하고 화장실도 챙겨 줘야 하고, 모든 걸 챙겨야 한다.

그런데 현실적으로 그러기 위해서는 누군가의 인생을 통째로 갈아 넣어야 한다. 그 돈과 시간 그리고 노동력은 그대로 사라지는 거다.

문제는 장애인 시설이 너무 부족해서, 병원에 한 번 가려면 두 시간 이상 들여야 하는 경우도 있다는 거다.

그리고 병원에 몰린 사람들 때문에 또 세 시간 걸려서 진료받고, 물리치료 두 시간 받고, 다시 두 시간 걸려서 돌아오는 것이다.

케어하는 가족도, 장애인도 진이 빠지는 일이다.

하지만 그럼에도 불구하고 가족들은 어쩔 수 없이 그 일을 해야 한다. 자식이나 형제를 버릴 수는 없으니까.

이것이 삶이다

"대룡은 이번에 상상동 병원을 시작으로 장애인 병원을 늘려 갈 생각이야."

"응? 어째서?"

"대룡이 바보냐? 적자 보면서 그 짓은 안 하지. 아, 물론 자선이니까 어느 정도 적자는 감수할지도 모르지만, 장기적으로 보면 흑자면 모를까 적자는 아니야."

"어째서?"

"다른 병원하고 다르잖아. 전부 고정 고객이라는 거지."

"아, 그러네."

다른 병원은 아픈 사람들이 잠깐 와서 치료하고 병이 나으면 떠나간다.

하지만 장애인들은 짧게는 몇 년, 길게는 평생을 와야 하는 고정 고객이다.

투자한 돈이 있으니 초기에는 적자를 피할 수 없을 거다.

하지만 장기적으로 보면 환자의 수급이 안정적이니 결국은 이익을 볼 수밖에 없는 구조다.

대룡이 자선사업으로 장애인 전문 병원을 건설하는 건 사실 장기적 이익과 좋은 이미지 두 마리를 잡는 전형적인 상생 전략이었다.

"한국은 장애인 시설이 필요 수량의 10분의 1도 안 되니까."

"그래, 더군다나 제대로 업무 컨트롤도 안 되지."

비상시가 아니라면 지역 3급 의원들에게 약의 처방이나 진단은 맡길 수 있겠지만, 애석하게도 한국의 대형 병원들은 그런 시스템의 구축을 극도로 싫어한다.

　그러면 자기 손님을 빼앗기는 셈이니까.

　"문제는 3급 의원들에서 잘못된 진단으로 죽는 사람도 많다는 거지."

　병은 거의 증상이 비슷하다. 폐렴도 감기도, 발열과 기침을 동반한다. 검사 장비가 없는 3급 의원에서 오진 가능성이 큰 이유다.

　"대룡은 이번 기회에 이걸 고치면서 일종의 온라인 검진 시스템을 만들어 볼 생각이야. 물론 처음부터 시작하면 기존 대형 병원들이 반발할 테니까 장애인 케어라는 이름으로 실험하는 거지."

　각 지역의 병원들과 손잡고 전자화를 통한 화상회의와 진단 공유 등을 통해 장기적으로 대형 병원에 가지 않아도 진단과 처방을 할 수 있게 하는 것.

　"하긴, 그러면 3급 의원들의 실력이 엄청나게 늘겠구나?"

　"동시에 1급 병원의 부담도 확 줄어들겠지."

　물론 그 시스템을 구성한 대룡은 떼돈을 벌 거다.

　다만, 그걸 1급 병원들이 좋아하지 않는다는 게 문제다.

　병원에 가 본 사람은 안다.

　A병원에서 엑스레이와 CT, MRI를 찍었는데 불확실하다

고 다른 병원에 가라고 해서 B병원으로 가면 거기서도 엑스레이와 CT, MRI를 다시 찍는다.

의사에게 A병원에서 찍은 걸 보여 주었더니 화상이 흐릿하니 다시 찍어야겠다는 말을 듣거나 해서가 아니다. 애초에 그렇게 하지 않으면 의사 자체를 만날 수 없는 구조인 것이다.

물론 시대가 바뀌어서 외부에서 찍은 것도 공유할 수 있게 시스템이 구성되기는 했다. 입원할 때 외부에서 받아 온 영상을 업로드할 수 있게 되어 있다.

하지만 업로드하면 뭐 하나, 안 보는데.

"결국 누군가는 욕먹고 시스템을 구축해야 해. 그리고 그건 장기적으로 돈이 되지."

"배달 앱처럼?"

"맞아."

처음에 배달 앱이 생겼을 때 사람들은 이제는 배달비까지 받아 처먹느냐고 욕했다.

지금은? 배달 앱이 없으면 못 사는 세상이 되었다.

그리고 그 당시에 욕 처먹던 기업들은 시총이 수십조를 넘겨 버렸다.

"이건 일종의 대형 시스템 테스트 같은 거야."

"한국 병원들이 난리가 나겠네."

노형진은 서세영의 말에 피식 웃었다.

"한국? 고작 한국으로 끝날까?"

"응?"

"그럴 거였다면 그 돈 들여서 이런 테스트를 하지도 않지."

"그러면?"

"전 세계에서 의료비가 가장 비싼 나라가 어디겠어?"

"설마……."

미국.

전 세계에서 가장 의료비가 비싼 나라.

너무 비싸서, 병에 걸리면 치료 대신에 죽음을 기다리는 나라.

대룡이 미국에서 엄청난 수익을 내는 이유가 뭔가? 다른 곳보다 가격이 저렴해 환자가 몰려들기 때문이다.

그런 가격마저도 한국 사람들이 볼 때는 '악마 새끼' 소리를 들을 정도로 토 나오게 비싸다.

"그런데 이게 시스템화되고 사람들이 좀 더 싼 병원에서 정확한 진단을 받을 수 있게 되면 어떨까?"

"아……."

미국은 보험이 프리가 아니다. 정해진 제휴 업체와 정해진 보험만 거래가 가능하다.

A라는 보험회사는 B라는 의료 재단에서만 치료가 가능한 식이다.

만일 급해서 C라는 의료 재단으로 간다? 보험 적용 없이 모조리 환자 본인이 토해 내야 한다.

"하지만 이러면 이야기가 달라지겠네."

대룡과 관련된 보험사에 가입되어 있다면?

당연히 대룡 관련 재단으로 가야 하지만, 급하면 다른 곳이라도 가야 한다.

그런데 대룡과 제휴를 맺은 작은 병원들에서 긴급 진료를 받을 수 있다면?

대룡 계열 의료 재단의 커버 영역이 순식간에 전미 대륙으로 퍼지는 셈이다.

"그 상황이 되면 다른 의료 재단이나 보험사가 생존할 수 있을까?"

정해진 지역에서만 쓸 수 있는 보험과, 전 미국에서 긴급할 때 쓸 수 있는 보험.

그걸 비교할 가치가 있을까?

아마도 미국의 다른 보험과 재단은 고사할 거다.

그 말을 들은 서세영은 온몸에 소름이 돋았다.

"잠깐, 그러면 이 모든 게 오직 그걸 위한 테스트라고?"

"그래."

한국이 첫 번째 시험장이 된 건, 인터넷 환경이 안정적이고 장애인 환자를 위한 병원이 부족해서 자선사업이라는 이름으로 프로젝트의 본래 목적을 감출 수 있어서다.

"대룡이 마냥 착해서 수천억을 들여 땅 사고 건물 올리는 게 아니야."

그 이상을 뽑아 먹을 수 있는 계획이 있으니까 하는 거다.

미국의 의료 시스템을 컨트롤할 수 있다면? 한국의 재계 1위는 우습게 될 거다. 아마 그때는 글로벌 순위부터 따져야 할 거다.

노형진의 설명을 들은 서세영은 진짜 놀랐다.

"그게 보여?"

"'보여?'가 아니라 봐야 하는 거야. 네가 배워야 하는 세계이고."

그 말에 서세영은 왜 노형진이 세계 최고의 변호사라 불리는지 알 것 같았다.

"문제는, 멀리만 보다 보니까 아무래도 가까운 걸 못 봤다는 거지."

"동네에서 반대할 거라는 거?"

"그래. 설마 장애인 복지를 위해 하겠다는 일을 반대할 집단이 있을 줄은 몰랐던 거지."

다른 것도 아니고 좋은 일을 하겠다는 건데 왜 반대를 한단 말인가?

하지만 이 계획을 준비한 사람이 누구든, 그는 한국의 집단적 이기주의에 대해 잘 모를 가능성이 컸다.

"이해가 안 가네. 오빠 말대로라면 어차피 주변 집 가격이 오르면 올랐지 떨어지지는 않는다면서?"

이것이 법이다

"그렇지. 하지만 자기들이 보기 싫다는 감정도 있고······."

"보기는 뭘 봐? 보려고 해도 볼 수도 없겠던데."

진짜 장애인들이 병원을 나와서 활개를 치고 다닐 수 있는 것도 아니다. 지하 주차장으로 차를 타고 들어갔다가 다시 차를 타고 나온다.

입구로 나온다고? 그렇게 나오는 장애인이 얼마나 되겠는 가?

거기다가 건물 입구에서 바로 도로로 이어지는 것도 아니 다.

건물 입구에서 나오면 제법 넓은 정원과 산책로를 거치고 나서야 도로에 접할 수 있다.

주변은 나무로 빙 둘러 막혀 있어서 외부에서 보이지도 않 는다.

즉, 장애인을 보려면 외부에서 직접 병원 안으로 들어가는 수밖에 없다.

당연히 보기 싫다는 이유로, 그리고 장애인이 보인다는 이 유로 집값이 떨어진다는 건 개소리다.

"가장 큰 이유는 결국 집값이지."

"이해가 안 가는데. 아니, 집값이 오른다면서?"

노형진은 서세영의 말에 피식 웃었다.

하긴, 서세영은 아직 많은 걸 배워야 한다.

실력이 없는 건 아니지만 그건 변호사로서의 기본적인 지식. 세상을 보는 눈은 아직 어리다.

"오르지, 한 10%쯤. 하지만 그 병원이 일반 병원이 되면 한 50%쯤 오르겠지."

"뭐? 그게 무슨 소리야?"

"말 그대로야. 지금 저쪽에서 요구하는 건 병원 자체를 열지 말라는 게 아니야. 장애인 병원을 열지 말라는 거지."

거기에 병원이 생기면 집값이 못해도 50%는 오를 거다. 다른 곳도 아닌 대룡병원이 아닌가?

그런데 장애인 전문 병원이라면?

당연히 환자는 장애인이니 일반인은 받지 않을 거다.

"그러니까 50% 이상 올릴 수 있는데 고작 10%밖에 못 오를 테니 책임져라 뭐 그런 거야?"

"응, 그런 거야."

"미친."

서세영은 기가 막혔다.

"그게 가능해?"

"가능하지. 기본적으로 병원 건물은 병원으로 지어지니까. 다른 걸로 전용하는 게 쉽지 않아."

일반 건물과 다르게 병원 건물은 용도에 맞게 지어야 한다. 배관 내부에 산소 라인도 깔아야 하고 응급 시설도 설치해야 한다.

사람들은 그냥 쓰면 안 되느냐고 물어보기도 하지만, 몇몇

건축물의 경우는 그게 불가능하다.

예를 들어 책을 파는 대형 서점이나 도서관도 건물을 새로 지어서 올려야 한다.

왜냐하면 책의 무게가 실로 어마어마해서 일반적인 건물의 기준으로는 그 하중을 이기지 못하기 때문이다.

그래서 도서관의 경우는 무조건 그에 맞는 방식으로 지어야 하고, 그래서 대형 서점 역시 무조건 지하에 배치한다.

맨 꼭대기 층에 배치하면 건물 전체를 그 기준에 맞춰야 하지만 지하에 위치하면 지하만 그 기준에 맞추면 되니까.

실제로 과거에 풍광을 위해 수영장을 맨 위층에 설치했다가 무너지는 사태가 벌어진 적도 있을 정도로 용도에 맞는 설계는 아주 중요한 요소다.

"병원용으로 지어진 건물을 다른 용도로 쓰는 건 아주 심각한 낭비지."

물론 일반 건물을 병원으로 쓰는 경우가 없는 건 아니지만 그건 어디까지나 요양 병원 같은, 비상 상황이 거의 없는 병원 기준이다.

"아, 그러니까 장애인 병원을 짓지 말라고 하면 대룡에서는 그 건물을 버릴 수가 없으니 일반 병원으로 쓸 거라는 계산이네?"

"그렇지. 아, 도착했다."

대화하는 사이, 두 사람은 상상동에 도착했다.

창문 너머로, 입구 앞에서 빨간 조끼를 입은 사람들이 온 몸에 쇠사슬을 묶고 버티고 있는 게 보였다.

그들의 조끼와 빡빡머리에 매인 끈에는 '투쟁'이라는 단어가 쓰여 있었다.

"잘하는 짓이다, 증말."

그걸 보고 서세영은 눈을 찡그렸다.

진짜 억울한 피해를 입어서 저러는 거라면 이해라도 한다. 그런데 자기네 집값을 올리겠다고 저러고 있다니.

"어쩌겠어. 들어가자."

노형진이 그들을 피해서 건물 안으로 들어가려고 하자 가만히 있던 사람들이 갑자기 거품을 물고 날뛰기 시작했다.

"대룡은 반성하라!"

"대룡은 집값 하락 책임져라! 책임져라!"

"대룡은 집값 하락 보상하라! 보상하라!"

노형진은 그걸 힐끔 보았을 뿐, 무시하고 계속 움직였다.

안으로 들어가자 텅 빈 주차장만 보였고, 엘리베이터를 타고 올라가자 2층에 빈 공간을 대책 회의실로 꾸며 둔 것이 보였다.

"아, 오셨습니까?"

"잘 지내셨습니까, 박 원장님."

"개원도 안 했는데 무슨 원장입니까? 그리고 잘 지냈다고 볼 수가 없네요."

얼굴이 시커멓게 변해 있는 남자는 원래 병원이 개원하면 원장을 맡기로 한 박상용 원장이었다.

그는 대룡종합병원에서 장애인 재활을 전담하다 장애인 병원을 만들면서 그쪽의 원장을 하기로 되어 있었는데, 저 시위 때문에 차일피일 개원을 미루며 이러고 있었다.

"어떻게, 협상은 잘되어 갑니까?"

"말도 안 통해요. 그냥 막무가내입니다."

저쪽에서 요구하는 건 단 하나다.

혐오 시설은 안 된다.

"아니, 언제부터 장애인 전문 병원이 혐오 시설이었다고……."

"뭐, 상관있겠습니까? 저들이 원하는 건 뻔한데."

"그건 그렇죠."

대놓고 말하지 못할 뿐이지 저들이 원하는 건 여기에 장애인 병원이 아니라 제2의 대룡종합병원이 들어서는 것이다.

그러면 최소한 50%, 많게는 200%까지 집 가격이 뛸 테니까.

"저희는 말이 안 통해서…… 하아~."

"회장님은 뭐라고 하세요?"

"회장님은 마음 같아서는 탱크로 밀어 버리고 싶다시던데요."

"하긴."

그는 대룡을 세우면서 이런 시위를 숱하게 겪었다.

공장 하나 세우는 게 쉬울 것 같나?

아니다. 환경보호니 뭐니 하면서 게거품을 물고 달려드는 놈들이 꼭 있다.

물론 환경보호는 해야 한다.

하지만 이미 공장 택지로 다 만들어진 걸 산 건데, 이미 산이고 나무고 다 깔아뭉갠 맨땅을 이제 와서 환경보호 하자고 공격한다.

말이 환경보호지 그냥 돈 내놓으라고 땡깡 부리는 거다.

그뿐이 아니다. 주변 신도시에서는 공장이 생기면 차가 막히니까 그에 대한 보상을 해 달라고 협박한다.

애초에 택지를 조성할 때는 신도시와 산업 택지의 차량 유동량을 감안하고 도로를 만든다.

신도시를 만들 때 쓸데없이 도로를 넓게 뽑는 이유가 그거다.

당장 필요한 요소가 아니라, 신도시가 꽉 찬 후 주변 산업택지가 돌아가는 걸 감안하고 설계하니까.

당연히 교통 체증이니 뭐니 생각할 이유가 없다.

애초에 그런 게 생긴다면 대룡의 문제가 아니라 도시를 잘못 설계한 사람들의 잘못인 경우가 많다.

그래서 신도시의 도로들은 대부분 좁은 곳은 왕복 4차로, 일반적으로는 왕복 8차로, 넓은 곳은 왕복 12차로까지 나온다.

그런데도 뭐 할 때마다 이런 짓을 당한 유민택이 저들의 속셈을 모를 리가 없다.

"그놈의 돈이 뭔지……."

저들이 원하는 건 단 하나, 돈이다.

"더군다나 다른 쪽도 나서서 설레발치고 있으니 머리가 깨지는 느낌입니다."

"다른 쪽?"

서세영은 다른 쪽이라는 말에 고개를 갸웃했다.

어차피 당사자들끼리의 문제인데 여기에 끼어들 사람이 누가 있단 말인가?

하지만 노형진은 듣자마자 그 다른 쪽이 어디인지 알 것 같았다.

"어느 당입니까?"

"민주수호당 곽두팔 의원 외 세 명입니다."

"흠, 민주수호당 의원이라……."

"이쪽이 민주수호당이라서요."

"아니, 여기서 정치인이 왜 나와?"

"돈 아니면 표지."

"네?"

"정치인 입장에서는 어떤 결과가 나와도 손해가 없거든."

정치인 입장에서는 여기에 나서서 대룡을 압박한 끝에 장애인 시설을 빼고 제2의 대룡종합병원을 만든다면?

다음 선거에서의 승리는 확정이다.

설사 그렇게 되지 않는다 해도 대룡과 주민들 사이를 중재한다면서 대룡으로부터 두둑하게 돈을 받아 처먹을 수 있다.

"가만히 있으면 어차피 다음 선거에서 질 테니까."

다음 선거에서 지역 표를 지키기 위해서라도 국회의원은 움직일 수밖에 없다. 그 사실을 알기에 노형진이 듣자마자 바로 어느 당이냐고 물어본 거다.

"문제는 그 이후야. 이런 식으로 나오면 지자체에서 허가를 취소할 수도 있는 노릇이거든."

"헐, 그게 가능해?"

"불가능한 건 아니지."

지자체에서 이런 경우에 허가를 취소한 적이 한두 번이 아니다.

"학교에서 학생들을 위해 기숙사를 지으려고 한 것을 취소한 적도 있지."

이유는 간단하다. 학교에서 기숙사를 지으면 주변의 원룸 장사에 도움이 안 된다는 것이었다.

"어차피 지방자치단체 입장에서야 두려운 건 대룡이 아니라 정치인이니까."

대룡은 지방자치단체에 직접적으로 손대지 못한다. 그랬다가는 어마어마한 역풍을 맞을 테니까.

하지만 국회의원은? 가능하다.

은밀하게 내선 라인을 통해 지방자치단체 하나 작살내는

건 일도 아니다.

"더군다나 곽두팔 의원은 원내에서도 힘이 있는 사람이지."

곽두팔은 3선 의원이다. 이제 슬슬 자리를 잡아 가는 상황이라는 거다.

"그리고 나머지 세 명은 아마도 그의 계파에 속하고 싶은 사람들일 테고."

3선쯤 되면 국회의원만 10년을 넘게 한 셈이다. 당연히 슬슬 계파를 만들고 더 높은 곳을 꿈꾸는 시기가 된다.

그래서 자기와 잘 맞는 초선이나 재선 의원을 데리고 다니면서 설레발친다.

"사실 4선쯤 되었는데도 확실한 계파 하나 못 만들었다면 선거에서 지지 세력이 없다시피 하다는 뜻이니까."

당장 송정한 의원만 해도 자신의 계파를 만들기 위해 노력하고 있다.

계파를 만든다는 건 나쁜 일이 아니다. 어찌 보면 승리하기 위한 필수적인 과정이다.

대통령이 되면 뭐 하나, 믿고 일을 맡길 사람이 없으면 병신이 되는 건데.

"그 낙하산인지 뭔지인가?"

"낙하산이라고 욕하기는 하는데, 사실 그게 욕할 거냐?"

현실적으로 자신이 아는 사람을 쓰게 되는 게 인간이다.

생판 모르는, 본 적도 없는 사람을 그 누가 중요한 공직에 올려 두려고 할까?

하물며 자기네 계파에서 추천하는 것도 아니고, 자기를 죽이고 싶어서 안달하는 반대 정당에서 추천하는 인사가 과연 멀쩡한 인사일까?

아마 그를 쓰면 자리 잡자마자 대통령의 뒤통수를 후려갈길 거다.

실제로 탕평책이랍시고 반대파에서 추천한 인물을 쓰면 레임덕이 오는 순간 칼을 들이미는 경우가 거의 대부분이다.

"더군다나 한국은 정치 보복이 거의 일상화되어 있어."

언론에서는 낙하산이라고 욕하지만 애초에 낙하산을 쓸 수밖에 없는 구조로 되어 있는 정치판이다.

딱 한 번 그러지 않은 사람이 있었지만 그는 결국 다른 당뿐만 아니라 자기 당에서까지 공격받아서 자살하지 않았던가?

결국 정치인이 살기 위해서 계파를 만드는 건 필수다.

"그럼 어떻게 해?"

"글쎄. 일단은 저 인간들부터 어떻게 해야겠지."

노형진은 창문 너머로 보이는 시위하는 인간들을 갑갑한 시선으로 바라보았다.

찜하는 놈이 임자인 세상

"심플한데 절대 받아들일 수가 없는 조건이네, 오빠."

다시 새론으로 돌아온 노형진과 서세영은 그간의 기록을 확인했다.

서세영은 상대측인 주민들의 요구에 기가 찼다.

"그렇지?"

대놓고 제2의 대룡병원을 세우라는 말은 하지 않았다. 다만 '혐오 시설 금지'라는 식으로 계속 요구하고 있다.

만일 여기에 장애인 병원이 생기지 않는다면 유일한 대안이 제2대룡병원이라는 걸 저쪽도 알고 있다는 거다.

"어쩔 거야? 이건 법으로 막을 수도 없는 일이잖아."

"일단은 법대로 해야지, 간담회를 연다는가 하는 식으로."

"받아들일까?"

"당연히 받아들이지 않겠지. 하지만 다른 사람도 아닌 국회의원이 요구하는데 거부할 수는 없잖아?"

곽두팔은 대놓고 장애인 시설 건립 금지를 요구하지는 않았다. 왜냐하면 자신의 이미지도 지켜야 하니까.

그가 그걸 요구하는 순간 그 사실이 언론에 나갈 테고, 당연히 민주수호당에서는 그걸 핑계 삼아 공천을 주지 않을 것이다.

아무리 미래를 위해 노력하면 뭐 하나, 공천 못 받아서 국회의원이 못 되면 나가리인데.

더군다나 지금 곽두팔의 세력은 계파라고 부르기도 미안할 정도로 미약하다.

힘이 있는 국회의원의 경우는 한 번 국회의원이 못 된다고 계파가 해체되거나 하지는 않는다.

하지만 곽두팔은? 아마 선거에서 떨어지면 그다음 날부터 바로 생깔 거다.

"그러니 곽두팔 입장에서는 무조건 안 된다는 말은 못 해. 그래서 주민 간담회를 요구하는 거고."

"어차피 주민 간담회에서는 주민들이 절대 불가를 외칠 테니까?"

"그렇지. 문제는 그걸 대룡에서 거부할 수 없다는 거지."

아주 합당한 것처럼 보이는 방식이다.

주민들의 의견을 듣는다.

문제는, 주민들이 이미 답을 정해 두고 그것만 요구하면 이쪽이 나쁜 놈이 된다는 거다.

"오빠, 그 절반씩 하면 안 되는 거야? 그러면 충분히 협상이 가능하잖아."

현재 대룡장애인복지병원의 계획은 장애인만 받는 것이다. 그에 반해 저쪽에서 요구하는 건 일반인도 받으라는 것.

일견 타당해 보이는 요구다.

하지만 그 뒤에 있는 진실을 읽기에는 아직 서세영의 실력이 부족했다.

"처음에는 그러겠지. 하지만 나중에는 장애인의 비중이 극단적으로 낮아질 거야."

"어째서?"

"전용 병원과 공용 병원은 수익률이 다를 수밖에 없으니까."

가난한 장애인들을 위해 만들어진 2급 종합병원.

그런 곳의 수익률이 좋지는 않을 거다.

하지만 일반인은 확실하게 돈이 된다.

"너는 수원의대에서 응급의학과에 얼마나 지랄하는지 모르지?"

"어? 그게 무슨 소리야?"

"수원의대는 응급의학 지원 병원이거든."

한국에서 응급의학과는 완전 찬밥이다. 일은 힘들고 돈은 안 되니까.

당연히 매년 응급의학과 지원자가 거의 없어서 항상 미달이다.

미달되지 않으면 이상한 게 응급의학과다.

정부에서도 그 사실을 익히 알기에 그 상황을 막기 위해 노력 중인데, 그중 하나가 바로 응급 전문 병원에 대해 지원해 주는 거다.

돈이 안 되는 걸 아니까 그만큼 지원을 퍼부어 응급의학과가 생존할 수 있게끔 도와주는 것.

그리고 수원의대 병원이 바로 그런 지원 병원이다. 그래서 매년 적지 않은 돈을 정부로부터 지원받는다.

"수원의대 입장에서는 손해가 없어. 도리어 사회적인 이미지가 좋지. 하지만 수원의대에서는 응급의학과 교수를 엄청나게 욕해, 돈 못 벌어 온다고."

애초에 응급의학과는 돈을 벌기 위한 학과가 아니라 사람을 살리기 위한 학과다. 거기다가 부족한 수익은 정부에서 메꿔 주고 있다.

그럼에도 불구하고 수원의대 내부에서는 응급의학과를 없애야 한다고 계속 주장하고 있다.

"처음에 정부에서 응급의학 지원 병원을 정할 때 그걸 받겠다고 온갖 어필을 하던 때와는 다른 거지."

돈은 나왔고 이제 필요성이 다했으니 응급의학과를 없애고 싶다는 거다.

하지만 정부가 바보도 아니고, 응급 지원 병원으로 뽑는데 응급의학과를 없애면 계속 돈을 줄까?

"그런 일이 여기서는 안 벌어지겠어?"

"아, 그러겠네."

처음에는 반반 비중으로 시작될지도 모른다. 하지만 돈맛을 보기 시작한 병원 측에서는 야금야금 장애인 비중을 낮추기 시작할 거다.

그리고 시간이 지나면 은근슬쩍 1급 병원으로 신청해서 가격을 올릴 거다.

그렇게 되면 남는 건 대룡장애인복지병원이 아니라 제2의 대룡종합병원뿐이다.

"유민택 회장님이라고 반반씩 하면 설득하기 쉽다는 걸 몰라서 장애인 전용 병원으로 만든 게 아니야."

공용으로 만드는 순간 언젠가는 장애인들이 차별 대상이 될 게 뻔하기 때문에 이런 선택을 한 것이다.

"유 회장님이 살아 있을 때야 문제없겠지만 그 후가 문제지."

유민택 이후 영민이에게 후계 승계가 이루어질 때쯤이면 온갖 혼란이 벌어질 거다. 그리고 그때는 힘이 부족해서 그런 비중 조절을 막지 못할 가능성이 크다.

"그러니까 아예 싹을 자르겠다 이거구나."

"그래, 돈은 돈이고 자선은 자선이니까. 도리어 나중에 그런 식으로 뒤통수치면 욕먹거든."

물론 유영민이 일반 병원화한다고 하면 모르겠지만, 사실 계획대로 성공한다면 굳이 장애인 병원을 일반 병원화할 이유가 없다. 미국에서 말 그대로 돈 빨아먹는 기업이 될 테니까.

"그러니까 이쪽에서는 주민 간담회를 한다고 해도 결국은 요식행위라는 거지."

원래 간담회라는 건 상대방의 이야기를 듣고 그에 대한 이야기를 나누는 자리다.

하지만 대한민국에서 간담회는 결정된 사항에 대해 통지하는 자리에 가깝다.

당장 게임 회사도 간담회를 한답시고 유저들을 불러 두고 대놓고 개돼지 취급하지 않던가?

"결국 회사는 장애인 병원을 유지하려고 할 테니, 상대측은 무조건 일반 종합병원화하려고 할 거야."

"그러면 어쩌지?"

"뭐, 일단은 저쪽 함정에 빠져 줘야지."

이쪽에서는 피할 방법이 없다. 결국은 해야 하는 일이다.

"하지만 함정에 빠진다고 해서 거기에서 못 빠져나오라는 법은 없지."

노형진에게는 충분히 벗어날 방법이 있었다.

상상동에서 열린 대룡장애인복지병원 간담회.

그곳의 분위기는 살벌하기 그지없었다.

"에, 이런 통계에서 보다시피 장애인 시설이 들어선다는 이유로 집값 하락이 발생한 경우는 단 한 번도 없습니다. 도리어 대부분 지역의 집값이 상승했습니다."

대룡은 어떻게 해서든 설득하기 위해 충분한 자료를 준비해 왔다.

하지만 애초에 간담회에서 설득이라는 건 의미가 없는 일이다.

토론과 합의라는 건 결국 오랜 시간과 협상 끝에 얻어 내는 거다. 그런데 하루 날 잡아서 만나 대화 좀 했다고 합의가 이뤄질까? 그날로 끝인데?

"아니, 다 필요 없고, 혐오 시설은 빼라고요!"

"맞아요! 장애인 시설은 혐오 시설입니다! 어떻게 혐오 시설을 들일 수 있어요? 절대 안 됩니다! 무조건 빼세요!"

"하지만 이미 건물이 완성되어 있습니다."

"건물은 다른 걸로 쓰면 되죠. 혐오 시설은 절대 용납 못합니다."

상상동비상대책위원회는 극렬하게 반대했다.

그 모습을 보면서 대룡 측 대리인은 한숨을 내쉬었다.

'그래, 이렇게 될 줄 알았지.'

언제나 그랬으니까.

간담회? 말이 간담회지, 그냥 의견 차이만 확인하는 자리다.

'이걸 어떻게 한다?'

그는 힐끔 한구석에 앉아 있는 노형진과 서세영을 보았다.

'길이 보이지 않으면 노형진 변호사에게 맡기라고 했었지……'

물론 어떻게든 혼자 힘으로 해결해 보고 싶었다. 하지만 상황은 뜻대로 흘러가지 않았다.

'어쩔 수 없지.'

어쩔 수 없다, 애초에 협상이 이뤄질 만한 자리가 아니었으니.

그는 자리에서 일어나 노형진에게 다가가서 귓속말을 했다.

이윽고 노형진이 자리에서 일어나서 협상단 중앙으로 갔다.

"이제 제가 맡도록 하지요."

"하? 그래서?"

예상대로 상대방은 그다지 신경 쓰지 않았다.

노형진이 누구인지는 모르지만, 대룡 측에서 뭐라고 떠들어 대든 요구를 바꿀 생각이 없으니까.

"그러면 이렇게 하면 어떨까요? 만약 저희가 장애인 전문 병원을 세운 후에 집값이 하락한다면, 집을 판매하실 때 그 하락분에 대해서는 배상하겠습니다. 단, 2년 안에 하락하는 경우에 한해서 말이죠."

"뭐?"

"어쩔 수 없지 않습니까, 집값이 떨어진다시는데."

실제로 뭔가를 세울 때 주변에 피해가 발생하면 그걸 보상하는 것이 일반적이기는 하다.

노형진의 말에 대룡 측 협상단은 뜨악한 표정이 되었다.

사전에 협의된 적이 없는 이야기니까.

당연히 상상동 측도 갑작스러운 말에 약간은 곤란한 표정을 지었다. 이건 생각해 보지 못한 조건이었던 것이다.

실제로 집값이 떨어진다고 난리를 피우긴 했지만 집값이 떨어지지 않으리라는 것은 이미 알고 있는 사실이었다.

그러나 잠시 후 이어지는 노형진의 말에 양쪽 다 어이가 없어서 입을 열지 못했다.

"대신, 이후에 집값이 오른다면 상승분은 저희가 가지고 가도록 하겠습니다."

"뭔 개소리야!"

"우리 집값을 왜 너희들이 가져가겠다는 건데!"

소리를 버럭 지르는 상상동비상대책위원회 사람들.

"저희가 금전적 위험성을 부담하고 있으니 그게 정상이라고 생각합니다만?"

"미친! 개소리하지 마!"

집값은 오른다. 이미 그건 수차례에 걸쳐 실제로 확인된 사항이다. 그저 협상에 유리한 고지를 차지하기 위해 집값 운운한 것뿐이다.

그런데 그 수익을 기업이 환수해 간다니?

애초에 집값이 오르면 저쪽에서는 돈을 줄 이유가 없다.

"세상에 그런 법이 어디 있어?"

"그건 우리의 사유재산이야!"

당연히 그런 법은 없다.

어떤 회사가 세운 무언가 덕분에 집값이 올랐으니 그로 인해 발생한 수익을 그 회사가 가져간다면 개발에 무슨 의미가 있겠는가?

"거래란 그런 거죠. 그래서 저희가 집값을 보전해 드리겠다고 말씀드리지 않았습니까?"

집값이 떨어지면 피해액을 보상해 주겠다. 하지만 오르면 지급했던 돈을 다시 받아 가겠다.

"기브 앤드 테이크 아닙니까?"

"미친."

물론 당연히 이런 협상은 받아들여질 수가 없다.

왜냐하면 집값이 오르는 건 시간이 지나면 자연스럽게 일어나는 일이니까.

병원의 존재와 상관없이 집값은 오르는 게 현실적인 추세

다. 문제는 그게 병원과 상관없다는 걸 입증할 방법이 없다는 거다.

즉, 그 계약이 성립되는 순간, 이 지역 집값이 100억 오른다고 해도 그 수익분은 대룡에서 모두 가지고 간다는 소리다.

"말도 안 되는 헛소리. 그건 사유재산이야!"

"네, 그렇지요. 그리고 병원 역시 사유재산이죠."

"하지만 집값이 떨어진다니까!"

"그러니까 집값을 보전해 드린다니까요. 저희 조건만 받아들인다면 말입니다."

"아니, 그건 사유재산이라고……."

"인정합니다. 그리고 병원은 대룡의 사유재산이죠."

마치 무한 도돌이표 같은 말이 계속되자 상상동비상대책위원회는 질려 버렸다.

"합의 없어! 씨팔."

"반대해. 배 째!"

파투가 나자 대룡 측 사람들은 얼굴이 사색이 되었다.

'어어?' 하는 사이에 상상동비상대책위원회 측이 우르르 나가 버리자 이번 협상 담당자가 다급하게 노형진에게 다가왔다.

"아니 노 변호사님, 협상을 파투 내시면 어쩝니까?"

"제가 낸 거 아닌데요?"

"그런 조건은 당연히 저쪽이 안 받아들이죠."

"그러면 저쪽 조건을 받아들이실 건가요?"

"아니요. 하지만 그렇다고 파투를 내시면……."

"어차피 날 파투였습니다."

협상의 여지가 조금이라도 있으면 모를까, 협상의 여지는 없다. 결국 강대강의 싸움이 될 수밖에 없는 상황.

"하지만 이런 걸 저쪽에서 외부에 터트리면……."

"못 터트립니다. 지금 사회적으로 도덕적 우월성은 이쪽에 있으니까요."

장애인 전담 병원은 사회적으로 꼭 필요하다. 한국에는 장애인 병원이 필요량의 10분의 1도 안 되기 때문이다.

"한국인의 고질병이죠."

'나만 아니면 돼.'라는 사고방식.

사회 혐오 시설은 필요하지만 내 동네에는 절대 들어서면 안 된다.

그냥 그걸 핑계 삼아 상상동 주민들을 공격할 수 있으면 된다.

"그걸 알기에 저쪽에서는 이 일을 공개 못 합니다. 더군다나 이쪽은 돈을 준다고 협상까지 했죠."

그런데 받아들이지 않았다?

그 말은 그게 목적이 아니라는 단적인 반증이다.

"하지만 그 돈을 어떻게 감당하시려고요?"

만일 받아들였다면? 그래서 그 돈을 달라고 했다면?

집값을 조절하는 건 주인들의 마음이다. 1억에 팔 수도, 100억에 팔 수도 있다. 그건 결국 그들이 내놓는 매매가에 달려 있다.

"그래서 저는 '집을 팔 때'라는 조건을 붙였죠."

집을 사는 입장에서는 말도 안 되는 터무니없는 가격이라면 절대로 사지 않을 테니까.

그리고 누차 말하지만 이런 시설은 필요한 사람들이 주변에 모여들기에 집값이 오를 수밖에 없다.

"그건 말장난 아닌가요?"

"아닙니다. 애초에 말입니다, 집값이 10억이든 100억이든 1천억이든 그건 상관없습니다. 병원이 생겼다고 해서 지금 집을 팔고 다른 곳으로 이사할 사람들이 과연 얼마나 될까요?"

"그거야……."

"거의 없을 겁니다."

저들의 주장과 다르게 장애인 전문 병원은 혐오 시설이 아니다. 일반인과 접점도 없고 부딪칠 일도 없으니까.

당연히 저들 입장에서는 굳이 집을 팔고 떠날 이유가 없다.

즉, 현실적으로 저들은 어떠한 보상도 받지 못한다는 거다.

노형진이 제시한 조건은 지극히 합리적인 것이었지만 내면을 살펴보면 저들은 거의 보상을 못 받는 상태가 된다는 것을 알 수 있다.

"하지만 진짜로 이사 가면 어쩌려고요?"

그 말에 노형진은 코웃음을 쳤다.

"못 갑니다."

"어째서요?"

"대룡에서 왜 굳이 상상동을 병원 부지로 골랐는지 아십니까?"

"그거야……."

잘 모른다. 이들이 담당하는 것은 부지 협상이 아니라 주민과의 협상이니까.

"싸니까요."

"네?"

"다른 지역에 비해 상상동은 좀 싼 편입니다. 전형적인 구도심이죠."

높아 봐야 3층짜리 집이 대부분. 가장 높은 것도 5층짜리 빌라, 그마저도 20년이 넘은 빌라다.

"여기에는 아파트가 없습니다. 아파트 같은 게 생기면 배상금이 터무니없이 높아지기 때문에 대룡에서도 꺼릴 수밖에 없죠."

그래서 여기 상상동이 낙찰된 것이다. 상대적으로 '싸니까'.

물론 싼 것만 원한다면 아예 시골에 처박아도 되지만, 그러면 접근성이 떨어져 시민들이 찾아오기가 힘들어진다.

당연하게도 '적당한 거리'에 '적당한 위치'가 중요한데 상상동만큼 적당한 곳이 없었다.

대룡이 바보도 아니고, 비싼 동네에 자기 돈을 들여서 자선병원을 짓겠는가? 그렇잖아도 돈이 잘 안 벌리는 장애인 전문 병원인데?

그러니 주요 도심은 아니지만 찾아오기에는 쉬운 위치가 최적일 수밖에 없는 거다.

"저들이 집을 팔면 어디로 갈 수 있을 것 같습니까?"

"글쎄요."

"한 가지는 확실하죠. 여기에 있는 집을 팔면 다음은 무조건 경기도권입니다."

상상동은 서울치고는 집값이 싸다. 당연히 여기를 팔아도 서울 안에서 머물지는 못한다. 경기도권으로 내려가야 한다.

문제는 그렇게 되면 아예 생활권이 바뀐다는 거다.

다시 말해서, 여기에 사는 주민 대부분은 집을 팔고 떠나지 못한다는 거다. 그래 봐야 서울에서 집을 구하는 건 불가능하니까.

"애초에 집을 팔지 않을 거라면 10억이든 100억이든 무슨 상관이 있을까요?"

그럼에도 저들이 저러는 건, 어떻게 해서든 집값을 올리고 싶기 때문이다.

"하지만 그러면 더 말이 안 되는 거 아닙니까? 안 팔 거라면서요?"

안 팔 거다. 그러면 저렇게 격렬하게 싸울 이유가 없다.

"그래서 제가 파투를 낸 겁니다."

"네?"

"저기 대책위원회라는 놈들이 이상하다는 생각, 안 들던 가요?"

"뭐가요?"

"대부분이 30대에서 40대입니다."

"그게 뭐가 이상하다는 거죠?"

"지금 시간을 보세요."

노형진의 말에 그들은 고개를 돌려서 시간을 확인했다.

오후 3시 30분. 파투 나는 바람에 일찍 끝났다.

"뭐가 이상하다는 건지……."

"이런 구도심의 집주인들은 대부분 나이가 지긋하신 분들 입니다. 그런데 오늘 온 건 다 젊은 사람들뿐이죠."

"싸움을 해야 하니까 그런 거 아닌가요? 아무래도 젊은 사 람들이 혈기가 있으니까."

그럴 수도 있다. 아니, 대부분 그게 정상이기는 하다.

"재산을 물려받았을 수도 있는 일이고요."

"그럴 수도 있겠죠. 하지만 말입니다, 아무리 재산을 물려 받는다고 해도 결국은 직장인이죠, 재벌가 도련님이 아니라. 그런데 지금 시위가 몇 주째 계속되고 있죠?"

"어?"

지금 그들은 병원 앞에서 쇠사슬로 온몸을 칭칭 감고 버티고 있다. 그것도 교대해 가면서.

　"저들은 스스로를 상상동비상대책위원회라고 밝혔습니다. 그런데 그 권한에 대해 확인하신 거 있습니까?"

　그 말에 다들 어리둥절한 표정으로 서로를 마주 보았다.

　당연히 그런 걸 확인한 적은 없다. 애초에 그들이 유일한 대화 창구였기 때문이다.

　"어, 설마?"

　"네, 아마 전문 시위꾼들과 투기꾼들일 겁니다."

　"투기꾼⋯⋯."

　그 말에 다들 눈동자가 흔들렸다.

　그걸 확인할 생각을 못 했다니.

　"사실, 이건 의외로 오래된 사기 방법입니다. 대부분 영문도 모르고 당하죠."

　어디서 문제가 생길 것 같다? 그러면 일단 무슨 비상대책위원회라고 이름 짓고 사람들을 선동하고 다닌다.

　당연히 사람들은 그들이 대표성을 갖추고 있다고 생각하기 시작한다. 그리고 그들의 선동에 놀아난다.

　실제로 문제가 생기면 가장 먼저 행동하는 사람 아래로 사람들이 뭉치는 건 당연한 일이다.

　나중에 가서 새로운 대책위원회를 만들어 봐야 결국은 따라 하기 수준이라 대표성이 약해지기 때문이다.

"문제는 이런 대책위원회의 적법성에 대해 문제 삼는 사람이 없다는 거죠."

대책위원회가 생겼다? 그래서 그 밑으로 사람들이 모인다?

그러면 그때는 없던 적법성도 생기기 마련이다.

결국 그 지역 사람들이 모여들게 되니까.

하지만 그 대책위원회에 가입할 때 그들에게 '주소지 확인 좀 해 봅시다.'라고 하는 사람은 없다.

"근데 오빠, 그걸 어떻게 안 거야?"

"너무 극단적이거든."

"너무 극단적이라고?"

"그래. 일반인은 말이야, 일단 이야기라도 들어 보자는 분위기가 대부분이야. 그리고 십인십색이라는 말이 있잖아."

열 사람이 모이면 의견도 열 개가 나오는 법이다.

"그런데 그걸 하나로 모아서 집단적으로 반격해? 어제만 해도 일반 지역 주민이던 사람들이? 그러면 둘 중 하나겠지. 그걸 잘하는 시위꾼이든가, 괴벨스의 재림이든가."

제대로 된 대화도 해 보기 전에 투쟁을 선포하고 쇠사슬로 몸을 묶는다? 그게 말이나 되나?

"가장 큰 이유는, 조끼랑 띠가 오래된 흔적이 있더라고."

"아, 그러네. 일반 주민이 그런 걸 가지고 있을 이유가 없겠구나?"

"그렇지."

일반 주민은 그런 걸 쓸 이유가 없다.

시위 같은 걸 해 본 적 있거나 노조 출신이라면 일부 가지고 있을 수는 있지만 같은 옷을 수십 벌 넘게 가지고 있을 이유는 없다.

하지만 현장에서 시위하던 사람들은 모두 사용감이 있는 투쟁 조끼를 입고 있었다.

"만일 그 사람들이 진짜 마을 주민이었다면 그 옷들은 새것일 거고."

그들이 시위꾼을 아는 것도, 그렇다고 저런 걸 빌려주는 업체가 있는 것도 아니니 새로 샀을 것이다.

"그러면 저희는 놀아난 거란 말입니까?"

"놀아난 건 아니죠. 일단 어느 정도는 저쪽에 정당성을 부여하고 있으니까요."

아무리 외부에서 들어온 사람이라지만 가장 먼저 선동했고, 그래서 마을 사람들이 그의 아래에 모여 있는 것이 사실이다.

그들은 그걸 노리고 가장 먼저 설레발친다.

정당성은 만들어 내면 그만인데, 그 아래로 지역민들이 모이면 완성되니까.

"그러면 어떻게 해야 하나요? 지금이라도 주소지를 확인해야 하나요?"

"그러면 도리어 자신들을 의심한다고 발끈한 마을 주민들로부터 항의만 받을 겁니다."

이미 극렬하게 활동하는 마을 사람들이 저들 사이에 섞여 있을 테니까.

"가장 적절한 방법은 새로운 조직을 만드는 거죠."

"하지만 우리가 만들라고 해서 만들 수 있는 게 아닌데."

"아, 걱정하지 마세요. 그걸 만들 사람은 따로 있습니다."

"네? 누구요?"

"맞아. 누구?"

서세영도 궁금한 표정으로 노형진을 쳐다보았다.

그게 누구든 간에 새론과 대룡의 청탁을 받아서 만든다면 당연히 마을 사람들의 지지를 받지 못할 테니까.

"하하하, 제가 청탁을 받아서 만든 건 아닙니다. 하지만 이런 동네에는 꼭 한 명씩 이런 사람이 있지요."

노형진은 빙긋 웃었다.

⚖

이런 오래되어 낙후된 동네의 가장 큰 꿈은 뭘까?

그건 바로 재개발 또는 재건축이다.

한국은 미래의 가치를 엄청나게 부여하는 편이다.

건축한 지 30년을 넘어서 40년이 다 되어 가는 아파트가 재건축의 가치 때문에 30억이 넘는 일이 있을 정도로, 미래의 가치를 끌어다가 현재의 가치를 판단한다.

당연히 이런 낙후된 구도심에는 꼭 활동하는 사람이 있다.

그건 바로 재건축조합이다.

하지만 말이 재건축조합이지 제대로 발족하지도 않고 활동만 하는 사람들도 많다. 활동하면서 주민들을 설득해서 제대로 된 조합으로 만들기 위해서다.

이런 곳을 재건축한다고 하면 진짜로 돈방석에 올라앉는 게 가능하니까.

"이런 씨팔, 저 새끼는 뭐야?"

상상동재건축조합 역시 그런 곳이었다.

정식으로 인가받은 것은 아니지만 그래도 어떻게 해서든 재건축해 보겠다고 주민들을 설득하러 다니던 작은 지역 모임이었다.

하지만 그건 쉽지 않았다. 노형진의 예상대로 여기를 밀어 버리면 그동안 살 곳이 없기 때문이다.

다른 지역으로 가자니, 그 터무니없는 가격을 감당할 수 있는 사람은 얼마 안 되었다.

가장 큰 문제는 바로 분담금이다.

재건축을 하는 건 그냥 기존에 살던 집을 주고 새 아파트에 들어가는 게 아니다.

분담금이라고 해서 정해진 돈을 더 주고 가치를 맞춰야 한다.

가령 기존에 집의 가치가 3억인데 새 아파트의 가치가 5억이라면 2억을 더 내야 한다.

물론 재건축하면 조합원이라서 좀 더 싸게 주긴 하지만, 그래도 절대 적은 돈은 아니었다.

당연히 그 돈을 감당하는 건 절대 쉽지 않았다. 특히 노년에 은퇴한 사람들은 그 돈을 구할 방법이 없다.

그래서 이 지역의 재건축은 지지부진하던 상황이었다.

그래도 조금씩 설득하고 있었는데, 갑자기 상상동비상대책위원회라는 게 생기더니 사람들을 선동하기 시작했다.

그들은 집을 내놓지 않아도 수억씩 챙길 수 있다는 말로 주민들을 설득했고, 주민들은 그런 그의 말에 흔들렸다.

집을 내놔야 하는 재건축조합과 다르게 가만히 있어도 돈을 챙겨 준다는데 싫어할 사람은 없다.

결국 그들 때문에 온 동네가 개판이 되어 술렁거렸다.

"이런 씨팔. 미치겠네."

당연히 지금껏 공을 들여 왔던 상상동재건축조합의 자칭 조합장인 한부원은 성질이 나서 미칠 것 같았다.

"내가 여기서 재건축하자고 설득하느라 얼마나 노력했는데."

그런데 이 상황에서는 자신의 말이 안 먹힌다.

아니, 그게 문제가 아니다.

만일 자신이 아니라 대책위원회인지 뭔지 하는 놈들이 재건축하겠다고 하면 사람들은 저쪽으로 넘어가게 될 수밖에 없다.

그러면 자신은 수년간 헛고생만 한 셈이다.

"이거 방법 없냐?"

한부원이 불쑥 묻자 옆에 있던 대책위원회 소속 직원이 심드렁하게 대꾸했다.

"있겠어요? 아니, 요즘 다들 돈 때문에 눈이 벌게져 가지고."

"우리는 뭐, 안 그랬냐? 우리도 자원봉사 한다고 이 짓 한 건 아니잖아."

"그건 그렇죠."

"아, 씨팔. 이럴 줄 알았으면 좀 미리 조합으로 인정받아 두는 건데."

정식으로 위임장을 받고 조합으로 인정받으면 문제 될 게 없다. 하지만 바로 그 직전에 비대위인지 나발인지가 튀어나오는 바람에 무산되어 버렸다.

물론 엄밀하게 말하면 두 집단은 하는 일이 다르다. 하지만 불리한 건 한부원이었다.

저쪽에는 한부원이 하던 재건축조합 일을 시작할 힘이 있지만 한부원에게는 대룡과 협상할 방법이 없으니까.

이미 대룡의 협상 창구는 이쪽이 아니라 저쪽이었다.

"돌겠네."

이런 재건축조합을 비공식으로 운영하는 데에는 돈이 든다.

재건축조합이 제대로 인가받는다면 경비로 처리받을 수 있지만 만일 인가받지 못한다면? 당연히 그 돈은 한부원 개인의 재산으로 내야 한다.

그가 돈이 넘쳐 나서, 아니면 자선사업으로 이렇게 하는 게 아니다. 재건축하면 조합장은 적지 않은 돈을 당겨 갈 수 있다.

그래서 재건축조합장들이 횡령 등으로 잡혀가는 것이 흔한 일인 것이다.

하지만 적당히 해 먹으면 그 정도는 모른 척해 주는 게 일종의 룰이기도 하다.

당장 횡령하지 않아도 회사에서 슬쩍 아파트 한 채를 건네주는 건 암묵적으로 인정받는 일 아닌가?

당연히 그걸 노리고 일을 시작했는데, 갑자기 나타난 놈들 때문에 망하게 생겼다.

"이걸 어쩐다."

한부원이 고민하는 그때, 누군가 사무실로 들어왔다.

"여기가 상상동재건축조합 사무실입니까?"

"아, 누구십니까?"

"대룡 측 법무 법인인 새론에서 나왔습니다. 노형진 변호사라고 합니다. 그리고 이쪽은 서세영 변호사입니다."

"대…… 대룡요?"

뜬금없이 갑자기 자신을 찾아올 줄은 몰랐기에 한부원은 깜짝 놀라서 노형진을 바라보았다.

그러다가 정신이 들자 다급하게 벌떡 일어났다.

"이쪽으로 앉으세요. 아, 뭐 해. 커피라도 타 와."

다른 곳도 아닌 자신을 찾아왔다는 사실에 그는 기대감을 가지고 다가갔다.

"그래서 어쩐 일이십니까?"

"한 가지 여쭤보려고 합니다."

"어떤 걸……?"

"혹시 상상동비상대책위원회 측 사람들에 대해 아십니까?"

그 말에 한부원은 눈을 찡그렸다.

그도 그럴 게, 가장 보기 싫은 인간이 그쪽 놈들이었던 것이다.

"네, 뭐……."

모를 수가 없다. 자신과 대적하는 놈들을 모를 리가 없지 않은가?

"병원 협상은 제가 할 일이 아닌 것 같은데요. 그쪽에서 알아서 하지 않습니까?"

물론 이쪽에서 나서서 할 수도 있다.

하지만 그래 봤자 이미 그 일은 저쪽에서 한다는 이미지가 있기 때문에 자신이 지지받을 가능성이 없다는 것쯤은 한부원도 알고 있었다.

"아닙니다. 그것 때문이 아니라…… 달리 확인할 게 있어서요."

"확인이라고 하시면……?"

"저희가 직접 확인하기에는, 아무래도 대립 관계다 보니 싸움의 원인이 될 수 있어서요. 혹시 아시는 게 있을까 해서 찾아왔습니다."

"뭔데요?"

"혹시 저쪽 위임장을 확인하신 적 있습니까?"

"위임장요?"

"네."

"그거야…… 없죠?"

대답하던 한부원은 문득 멍해졌다.

저쪽에서 위임장을 보여 준 적이 있었던가?

없다. 그들이 스스로 상상동비상대책위원회 사무실을 만들고 주민들을 선동하는 건 봤지만, 정작 그들의 위임장을 본 적은 없었다. '그래, 표정을 보니 알겠네.'

한부원의 상상동재건축조합과 마찬가지로 저쪽 역시 일단 위임장 없이 일을 시작하고 나서 그 대표성을 확보한 케이스였던 거다.

'자기가 쓰는 방법을 모를 리가 없지.'

실제로 제대로 인가받기 전에는 한 지역에 재건축조합 서너 개가 같이 있는 경우도 제법 많다. 누구도 제대로 된 위임장을 받지 않아 정식으로 인가받지 못했기 때문이다.

"네…… 없네요."

"그런가요? 그러면 마을 주민들은 그쪽에 대해 관심이 있나요?"

"뭐, 대부분은 관심 없습니다."

노형진의 예상대로 집값에 매달려서 게거품을 무는 사람들은 마을 사람들 중에서도 소수였다.

아무리 낙후된 외곽 지역이라지만 서울은 서울이다. 여기에 사는 수많은 사람들이 모두 이런 식으로 난리를 피우지는 않는다.

대부분의 경우 여기에 병원이 생기는 것을 그리 특별하게 생각하지 않는다.

물론 병원이 생기면 좋기는 하겠지만, 생계까지 내팽개치고 시위를 따라다닐 정도로 여유로운 사람은 이 동네에 없다.

그렇다고 이제 은퇴한, 나이 먹은 노인네들이 여기까지 와서 개싸움을 할 수는 없는 노릇.

"그런가요? 대부분은 관심이 없다 이거군요."

"맞습니다."

그건 확실하다.

한부원은 조합의 인가를 받기 위해 온 동네를 다니면서 마을 사람들을 만나 이런저런 이야기를 나눴기에 대부분의 얼굴을 알고 있다.

더군다나 대리 허가를 받아야 하는 상황에서 마을 주민들과 각을 세울 이유가 없었던 터라 대부분 좋은 관계를 유지하고 있었다.

"그렇단 말이죠……."

노형진은 마치 생각에 잠긴 듯 한참 침묵을 지켰다. 그러다가 조심스럽게 물었다.

"그러면 거기에서 시위하는 사람들은 어떤 사람들입니까?"

"네?"

"아니, 저희 측에 대책위원회 사람이라며 협상하러 온 사람이 있는데, 이 동네 사람인지 확인할 수가 없어서요."

"비대위에서 나온 사람이 아니라는 뜻인가요?"

한부원의 질문에 노형진은 고개를 가로저었다.

"아니요, 비대위에서 나왔겠지요. 하지만 그 사람이 상상동 주민인지 알 수가 없다는 거죠. 사실 상상동 대표를 강남에 사는 사람이 하는 건 말이 안 되지 않습니까?"

"어, 그렇지요. 보통은…… 음?"

그 말을 듣고 있던 한부원은 뭔가 생각난 듯 뒤에 있던 다른 직원에게 물었다.

"종원아, 너 시위하는 애들 주소 아냐?"

"네? 그걸 제가 어떻게 알아요?"

"아니, 우리가 동의서 받으러 다닐 때 저 애들 본 적 있나?"

"없죠. 우리가 만난 분들은 대부분 나이 지긋한 어르신들이었잖아요. 이 동네가 그렇죠, 뭐."

"그러면 한 번도 저쪽 애들 본 적 없는 거지?"

"없다니까요. 그 시간에 젊은 애들은 다 출근하잖아요. 그렇다고 밤에 찾아갈 수도 없고요. 무슨 욕을 먹으려고."

딱히 뭔가가 급하게 진행되고 있는 것도 아닌데 밤에 찾아가서 동의서를 써 달라고 하면 싸움이 날 가능성이 크기에 그런 일은 없었던 상황.

"그러니까 본 적이 없는데요."

"그러면 저쪽은 생계를 내팽개치고 시위하고 있다는 건가요?"

"그거야……."

한부원은 순간 이해가 되지 않았다.

그럴 사람이 얼마나 되겠는가?

물론 집값이 오르면 일하는 것 못지않은 수익이 나겠지만 그건 어디까지나 집을 팔고 나갈 때의 이야기지, 먹고살아야 하는 소시민에게는 그다지 큰 효과를 발휘하지 못한다.

"그 소문이 사실인가 보네요."

"소문?"

노형진이 슬쩍 정보를 흘리자 한부원은 관심을 가졌다.

자신도 모르는 소문이 있다니, 혹시나 도움이 될까 해서였다.

"아, 별건 아닙니다. 시위하는 분들 주소지가 여기가 아니라는 이야기가 있어요."

"주소지가 여기가 아니라고요?"

"네. 아시죠? 시위꾼들."

"아아~."

노형진의 말에 한부원은 고개를 끄덕거렸다.

시위꾼들. 대신 시위해 주고 돈을 받는 놈들.

그들은 극렬하고, 문제를 일으킨다.

"그런데 이 경우는 이게 위법 사항이거든요."

"네? 어째서요?"

"일단 다른 시위와 다르게 당사자가 아니까요."

정치적 시위나 자연보호에 관련된 시위인 경우 대한민국 국민이라면 누구나 족하다. 대한민국 국민 누구에게나 말할 수 있는 자유가 있으니까.

하지만 관련이 없다면 당연히 자격이 제한된다.

가령 A라는 회사에서 임금 협상 관련 시위를 할 때 외부에서 들어와서 시위하는 건 불법이다. 그는 A라는 회사에서 돈을 받는 사람도 아니고 근무한 기록도 없으니까.

당연히 협상권도 없다.

거기다 그런 시위를 할 때 과연 자기 마음에서 우러나서 할까?

그럴 리가 없다.

시위를 부탁하는 쪽에서 돈을 받고 그에 따라 시위를 한다. 전문 시위꾼은 그렇게 탄생하는 거다.

"하지만 이건 상상동과 관련된 문제죠."

다른 지역과는 아무런 관련도 없는 문제다. 애초에 그래서 상상동비상대책위원회라는 이름이 붙은 거다.

"음…… 일단 저희는 그쪽 주소까지는 모릅니다."

"역시 그렇군요."

노형진은 머쓱하게 머리를 긁적거렸다.

"감사합니다."

"아, 더 궁금하신 거 없습니까?"

"없습니다. 나중에 다시 뵙겠습니다."

"나중에?"

"아, 못 들으셨나요?"

"뭘요?"

"대룡에서 여기서 임대업을 하려고 생각 중이거든요."

"뜬금없이요?"

"뜬금없는 일은 아니죠. 환자 가족들이 전부 병원에서 잘 수는 없지 않습니까?"

아무리 간병인들이 도움을 준다지만 그래도 가족이 한 명은 있어야 한다.

평범한 환자 간병도 힘든데 장애인은 더하면 더했지 결코 덜하지는 않다.

당연히 누군가는 자주 병원에 와야 한다. 그런데 현실적으로 멀리 사는 사람이 여기에 매일 올 수는 없다.

"그래서 대룡에서는 복지 차원에서 보호자 숙소를 대거 매입해서 운영할 생각입니다."

"네? 어째서요?"

"자선이죠. 결국 여기에 있을 수 있는 가족은 한 명뿐이지 않습니까?"

온 가족이 여기에서 묵으며 환자를 보살피려면 그들도 생업을 포기해야 하는데 그게 가능할 리가 없다.

"그래서 이 지역 주택들을 구입해서 일종의 기숙사처럼 운영한다고 하더라고요."

한 가족에서 한 명이 나와서 따로 살려면 방을 하나 구해야 하니 당연히 돈이 이중으로 나간다.

하지만 대룡에서 빌려주는 기숙사 형태의 공간에 들어갈 수 있다면 소요되는 돈은 확 줄어든다. 네 명이 쓰면 4분의 1로, 다섯 명이 쓰면 5분의 1로.

안 그래도 장애인을 케어하는 데 막대한 돈이 들어가는 가족들 입장에서는 그런 혜택이 얼마나 중요한 일인지 모른다.

가족을 케어하기 위해 여기까지 온 사람들에게야 어차피 이곳은 잠만 자는 공간이 될 테니까 쓸데없이 돈을 버릴 이유가 없다.

물론 대룡 입장에서도 그건 손해 보는 게 아니다. 어차피 월세는 몇 명이 살든 똑같이 나오니까.

즉, 일종의 원원인 셈이다.

"어······."

그 말을 들은 한부원의 얼굴에 화색이 돌았다.

"아, 그렇군요. 자선. 좋은 생각입니다."

"감사합니다."

노형진은 씩 웃으며 그곳을 나왔다.

조용히 따라오던 서세영은 노형진에게 질문을 던졌다.

"오빠."

"응?"

"그런데 왜 갑자기 그런 계획을 세운 거야? 원래 기숙사 혜택 같은 건 없었잖아."

"너는 필요 없다고 생각해?"

"그건 아니지. 내가 들어 봐도 그만한 혜택이 어디 있겠나 싶던데."

혼자 월세를 얻으면 한 달에 못해도 80만 원은 줘야 할 거다. 그것도 아주 작은 원룸을 얻어도 말이다.

하지만 그런 기숙사에서는 15만 원 정도면 먹고 자고 다 할 수 있다.

"왜 그랬냐면, 재건축조합이 나서서 싸우게 하려고."

"저 사람이 왜 싸워?"

"일단 저쪽은 자기 자리를 빼앗길까 봐 두려운 상황이야. 그러니 뭐라도 트집 잡을 게 있으면 나서겠지. 아무리 상대방과의 사이가 좋지 않아도 저 사람 또한 이 지역의 주민이니까."

"그런데?"

"그런데 대룡에서 이런 기숙사를 운영한다면, 한두 개만 운영하겠어?"

"아니겠지?"

"그러면 나중에 저 사람이 재건축하려 할 때 그 동의서는 누구한테 써 달라고 해야 해?"

"아!"

당연히 대룡에 써 달라고 부탁해야 한다. 그리고 대룡 입장에서는 굳이 그걸 써 줄 이유가 없다.

"왜냐하면 대룡 입장에서는 굳이 아파트를 기숙사로 운영할 이유가 없거든."

기숙사에 들어가는 사람들은 그냥 적당히 먹고 잘 곳이 있다는 것만으로 충분히 만족할 것이다.

당연하게도 굳이 비싼 돈을 주고 아파트 재건축을 동의해 줄 이유가 대룡에는 없다.

일단 재건축하게 되면 그 기간 동안 따로 기숙사를 구해야 하는 번거로움도 있으니까.

"그리고 말이야, 대룡이 그런 기숙사를 한두 곳만 운영하겠어?"

"그건 그러네."

아무리 못해도 병실 숫자의 3분의 1은 운영해야 한다.

병실은 보통 5인실이니 환자의 가족이 한 명씩만 와도 집한 채는 있어야 한다.

물론 가족이 찾아오지 않는 경우나 집이 근처인 사람들도 있겠지만, 그래도 가족을 케어하려고 하는 사람이 아예 없을 리는 없다.

"못해도 쉰 채 이상은 운영하겠지."

그런데 그곳에서 동의서를 안 써 준다? 아마 머리가 제법 아플 거다.

"더군다나 이 재건축이라는 건 말이야, 동네 주민 일부만 반발해도 뒤집어지는 경우가 많거든. 실제로 그렇게 재건축이 뒤집어진 곳들도 많고."

재건축 인가가 났지만 나중에 주민들이 반발해서 아예 뒤집어진 곳도 많다.

그래서 그 과정에서 아주 오랜 소송이 진행되기도 했다.

"일부 주민만 해도 그 난리인데 대룡에서 막겠다고 나서면? 재건축할 수 있을 것 같아?"

"못…… 하겠네?"

"못 하지."

못 한다. 절대로 통과 못 한다.

아마도 한부원은 그걸 알 거다. 당연히 한부원 입장에서는 대룡에 잘 보여야 하니 이제 상상동비상대책위원회와 대립 각을 세우기 시작할 거다.

"그런데 돈이 엄청 들 텐데……."

"단기적으로는 그렇지. 하지만 재건축하면 돈을 더 벌 거야."

"대룡에서는 재건축 안 한다면서?"

"반대할 권리가 있다고 했지, 안 한다고는 안 했다? 여기에 재건축 아파트를 짓는다면 과연 대룡건설에서 입찰 안 하겠어?"

"하겠네."

당연히 한다.

게다가 여기에 자기들의 토지가 있는 이상 유리한 포지션을 가진 셈이다. 다른 곳이 결정되면 못 한다고 깽판 칠 수 있으니까.

"더군다나 그때쯤 되면 아마 다른 건설사들 사이에 피바람이 불 거야."

"왜? 무슨 일이 있어?"

"아직은 비밀이야."

대룡이 오리엔탈항공을 인수하는 조건으로 정부에서는 대룡건설을 밀어주기로 했다.

그리고 그 방법은 기존 건설사들이 지은 건물에 대한 비파괴검사를 통한 부실 검사 확인이었다.

이미 개판으로 지은 아파트들이 넘쳐 나는 다른 건설사들과 달리 대룡은 규정을 지키며 짓는 것으로 유명하다.

과거에 일본에서 들여온 방사능 철근 문제가 터졌을 때도 대룡은 그게 들어간 아파트를 허물고 다시 지을 정도로 확실하게 규정을 지켰다.

'재건축이 시작될 때쯤이면 아마 법이 통과되고 피바람이 불겠지.'

매일같이 부실 공사 의혹이 터져 나오는 다른 아파트 공사 업체들과, 땅까지 쥐고 있는 대룡건설.

과연 이 지역에서는 어떤 쪽과 손잡고 아파트를 재건축하려고 할까?

"그러면 결국 답이 나와 있는 거네?"

"그래, 대룡건설이 여기에 건물을 지으면 아마도 어마어마한 수익이 나겠지. 사실 보호자들의 숙소를 확보하는 것도 겉보기에는 자선이지만, 현실은 이 지역이 재건축될 게 뻔하니까 그에 맞춰서 토지를 확보하는 과정일 뿐이지."

만일 대기업이 다른 지역에서 이런 짓을 한다면?

아마 욕을 바가지로 먹을 거다.

실제로 그런 경우는 넘쳐 나지만, 대부분 차명 등을 통해 이루어진다. 그건 정말로 사회적으로 지탄받을 일이니까.

"하지만 이쪽은 좋은 일을 하는 거지. 욕심을 부리는 게 아니라."

노형진의 말을 들으면서 서세영은 소름이 쫙악 돋았다.

'완전히 차원이 다르잖아?'

변호사 공부를 하면서 많은 변호사 선배들을 봤다.

자칭 타칭 천재적이라고 칭찬받는 변호사들도 많이 만나 봤고, 그녀 역시 천재적이라고 미래가 창창하다며 기대받았었다.

하지만 노형진과 이야기할수록 서세영은 노형진이 아예 세상을 보는 관점 자체가 다르다는 것을 느낄 수 있었다.

자신 같은 일반인은 그냥 아등바등 아래에서 뛰는데 노형진은 하늘에서 내려다보는 느낌이랄까?

"이건 비밀이다?"

"어, 오빠. 그럴게. 그런데 싸움은 이제 어떻게 해?"

"아마도 위임장 싸움이 되겠지."

상상동재건축조합에서 위임장 문제를 걸고넘어지면 비상대책위원회에서는 위임장을 받기 시작할 거다.

당연히 재건축조합도 위임장을 받기 시작할 테고.

자신들이 전면에 나설 수 있는 기회니까.

"어, 그러면 불리한 거 아니야?"

이미 비상대책위원회는 어느 정도 자기네 사람들을 확보한 상황이다. 그에 반해 재건축조합은 대부분 재건축에 관한 영역에서만 어느 정도 이해타산이 맞은 거지, 이번 사태와는 아무런 관련도 없다.

결과적으로 말해서 두 집단이 위임장을 받기 위해 싸우기 시작하면 불리한 건 재건축조합이다.

애초에 단체가 생겨난 목적성 자체가 다르니 어쩔 수 없다.

"그러니까 우리가 약간의 도움을 줘야지."

노형진은 빙긋 웃었다.

양심은 어따 팔아먹었냐?

장애인들의 가족은 하루하루가 힘들고 고달프다.

가족을 버릴 수도 없고 치료할 방법도 없다.

그래서 그들이 원하는 건 충분한 장애인 보호 시설과 재활 시설이었다.

하지만 한국은 장애인 시설을 혐오 시설이라고 생각하기에 어느 지역도 그걸 받아 주지 않으려고 했다.

당연히 병원도 재활 시설도 터무니없이 부족할 수밖에 없었고, 그래서 장애인 가족들에게는 그런 시설이 너무나 간절했다.

재활 시설에는 꾸준하게 가야 한다. 그런데 예약을 잡는 것조차도 거의 불가능에 가까울 정도이고, 그마저도 드문드

문 이기에 재활운동을 해도 그 효과가 미미했다.

그랬기에 그런 상황에서 대룡그룹에서 발표한 2급 장애인 전문 병원은 그들에게 말 그대로 한 줄기의 빛이었다.

그런데 그 시설의 개원이 지역 주민들의 반대로 미루어지고 있다는 소식이 들리자 그들은 절망할 수밖에 없었다.

"이럴 수는 없어요."

"저희 아들은 재활 치료를 받아야 하는데 자리가 없다고요! 다른 병원들은 무려 6개월 치가 밀려 있어요! 6개월!"

"예약 자체가 불가능한데 어떻게 치료하라는 거예요?"

장애인이라고 해서 모두가 선천적인 장애를 앓는 건 아니다.

사실 기술이 발달하고 태아 단계에서 유전자 검사가 가능해지면서 태생적 장애인의 숫자는 과거보다 많이 줄었다.

대한민국에서 장애인의 상당수는 사고로 인한 장애인이다.

교통사고로, 또는 군대에서, 또는 일하다가 사고를 당한 사람들.

그들은 치료와 재활에 따라 정상적인 생활이 가능하다.

그렇기에 그들에게 치료와 재활 그리고 상담 등을 전문적으로 제공할 대룡장애인복지병원은 기적이나 마찬가지였다.

그런데 그 기회가 막혀 버리다니.

"자 자, 진정하세요."

박상용은 분노를 토해 내는 장애인 가족들을 진정시켰다.

오늘은 장애인 가족들과의 간담회가 있는 날이었다.

하지만 원래 입원 준비를 해야 하는 그들에게 남은 건 분노뿐이었다.

작은 기대마저도 부서지는 암울함.

그리고 혹시나 진짜로 일반 병원으로 바뀌어서 자신들이 갈 곳이 없어지면 어쩌나 하는 공포.

"누차 말하지만 저희 대룡에는 그곳을 일반 병원으로 만들 계획이 없습니다."

"하지만 지역 주민들이 극렬하게 반대한다면서요!"

"저도 뉴스 봤어요! 이미 지역 주민의 항의를 받은 서울시에서 허가 취소 심사를 시작했다고⋯⋯!"

"그럴 일 없습니다. 물론 심사를 시작한 건 사실이지만 그건 어디까지나 시에서 시간을 끌기 위해서입니다."

시에서도 머리가 아플 지경이었다.

현실적으로 필요한 게 사실이고 시 입장에서도 장애인 전문 병원을 환영하는 입장이지만 그렇다고 해서 그냥 두자니 상상동 주민들이 몰려와서 시청을 박살 낼 분위기였기 때문이다.

"자 자, 진정하세요. 지금 시청에서 심사하는 건 결정을 미루기 위한 하나의 꼼수입니다."

노형진은 울부짖는 가족들을 진정시키며 말했다.

"하지만 그 시간이 얼마나 걸린다는 거예요?"

"제 아들은 매일같이 죽고 싶다고 한다고요."

한 여자는 눈물을 흘렸다.

그녀의 아들은 군대에서 다리를 잘라야 했다.

다리가 썩어 가는데도 장교라는 작자들이 군인 정신 운운하면서 병원을 보내지 않았는데, 나중에야 외부에서 검사했을 때는 이미 다리를 자르는 것 말고는 방법이 없다고 했다.

그 후로 아들은 방에서 나오지도 않고 죽고 싶다는 소리만 하고 있다.

자식을 그렇게 만든 장교는 아프다는 보고를 받은 적 없다고 거짓말하면서 책임을 벗어나려고 했고, 실제로 군검찰은 그 말을 인정했다.

물론 그 사건을 받은 새론에서 도리어 국방부 영혼을 탈탈 털면서 2심을 준비하고 있지만.

"물론 시간이 지나면 우리가 이길 겁니다. 하지만 그러기 위해서는 여러분들의 도움이 필요합니다."

"저희가요?"

"필요하다면 뭐든 하겠습니다. 아니, 당장 가서 그 새끼들을 죽여 버리겠습니다."

일부 성급한 남자들이 눈을 부라리며 당장이라도 뛰쳐나갈 것처럼 자리에서 벌떡 일어났다.

이해가 가기는 한다. 가족이 하루하루 말라비틀어져 가는 걸 두 눈으로 보면서도 누군가의 욕심 때문에 치료받게 해주지 못하고 방치해야 한다면 누군들 분노하지 않을까?

"자 자, 진정하세요. 죄송한데 남자분들은 이번 일에 해주실 일이 없습니다. 이번에는, 음…… 여자분들이 필요합니다."

"여자들요?"

"네, 가능하다면 나이가 많은 분들이면 좋습니다."

노형진의 말에 다들 어리둥절한 얼굴이 되었다.

하지만 이내 그 분위기는 사라졌다.

"내가 뭘 할 수 있는지 모르겠지만 내 손주를 치료할 수 있다면 해야지."

반백의 할머니 한 분이 굳은 결심을 한 눈빛으로 말했다.

그녀에게 남은 것은 오로지 손자 한 명뿐이었다. 가족들이 길을 가다 음주 운전 차량과 사고가 나 아들과 며느리가 죽고 이제 열세 살 된 손주 하나만 살아남은 것이다.

그마저도 반신불수.

의사는 재활 여부에 따라 걸을 수도 있다고 했지만 재활할 수 있는 곳이 없었다.

병원에는 자리가 없고, 시설도 없었다.

그렇다고 이제 늙어 버린 몸으로 점점 커 가는 손자의 재활을 시켜 줄 수도 없었다.

그녀는 병원을 열게 할 수만 있다면, 손자가 제대로 치료만 받을 수 있다면 얼마 남지 않은 목숨조차도 아깝지 않았다.

"걱정하지 마세요. 그렇게 힘든 일은 아닙니다. 다만 자존심이 상하실 수도 있습니다."

"애초에 그런 걸 챙길 사람은 여기에 없을 겁니다."

한 아버지의 말에 다들 고개를 끄덕거렸다.

자존심을 지키기 위해 가족을 버릴 사람이라면 애초에 가족을 버리고 도망갔을 거다.

"알겠습니다. 그러면 여러분들에게 제 계획을 말씀드리겠습니다."

⚖

"혐오 시설 빼라!"

"대룡은 주민 혐오 중단하라!"

"대룡은 집값 보상하라! 보상하라!"

대룡장애인복지병원 앞. 그곳에서는 오늘도 많은 사람들이 모여서 시위하고 있었다.

하지만 그게 하루 이틀도 아니기에 사람들은 그들에게 그리 신경을 쓰지 않았다.

그러나 병원 내부의 분위기는 흉흉했다.

"위험하지 않을까?"

"위험하지는 않을 겁니다. 경호팀도 배치했으니까요. 화가 난 분들이 좀 충격받을 수도 있기는 하겠지만…….”

“그건 우리가 상담 치료를 해 드리도록 하겠네. 도움을 받는다면 그 정도는 해 드려야지.”

“그러면 좀 낫겠네요.”

“그나저나 이렇게 해서 해결될까?”

“결국 이것도 하나의 과정일 뿐입니다. 해결까지는 좀 더 걸릴 겁니다.”

노형진은 걱정스럽게 창밖을 내다보았다.

시위하는 사람들에게 한 무리의 여성들이 다가가는 게 보였다.

“드디어 왔나 보네요.”

노형진은 걱정스럽게 말했다.

“저는 이만 나가 보겠습니다.”

“그래, 잘 부탁하네.”

노형진은 고개를 끄덕거리고 그쪽으로 향했다.

노형진이 입구에 도착할 때쯤, 다가온 사람들과 시위하던 사람들은 한창 논쟁 중이었다.

아니, 거의 한쪽이 매달리면서 빌고 있었다.

“제발…… 부탁드려요. 저희 아이들은 여기가 아니면 치료받을 곳이 없어요.”

“이 늙은이 소원 한 번만 들어준다고 생각하게나. 내가 살날이 얼마나 남았나? 우리 손주, 그 애만 살릴 수 있게 도와주게."

　나이가 지긋한 어머니들, 그리고 할머니들. 그들이 시위하
는 사람들에게 애절하게 빌고 있었다.

　그들이 원하는 건 단 하나, 시위를 멈춰 달라는 것.

　그래야 병원이 열리고 가족들이 치료를 받을 수 있으니까.

　그들을 본 일부 시위하는 사람들은 곤혹스러운 표정이 되
었다.

　하지만 대부분은 목소리를 높였다.

　"지랄하지 마! 그러면 우리 집값은 누가 물어 주는데? 너
희가 물어 줄 거야? 어? 너희가 물어 줄 거냐고!"

　"대룡에서 집을 팔 때 물어 준다고 들었습니다. 그러니까
제발……."

　"아, 씨팔. 조까라고! 그걸 어떻게 믿어? 그렇잖아도 병신
새끼들이 기어 다니는 거 마음에 안 드는데 지랄하지 말라고
해! 여기에 병신들이 다니는 병원은 절대로 못 지어!"

　"제발 부탁드립니다."

　싸움은 일방적이었다.

　사실 싸움이라고 할 수도 없었다.

　애초에 한쪽이 싸울 의사가 없는데 싸움이 되겠는가?

　장애인 가족들은 결국 나중에는 무릎을 꿇고 두 손으로 빌
었다.

　"제발 부탁드립니다. 우리 애들 좀 살 수 있게 해 주세요. 네?"

이것이 법이다

"제발, 제발 이렇게 빌게요. 우리 애들 좀 살려 주세요, 제발."

혹시나 해서 나와 있던 경호원들과 경찰들은 그 모습을 보고 눈을 찌푸렸다. 그들도 누가 올바른지 알기 때문이다.

하지만 그놈의 욕심 때문에, 그리고 제3자라서 끼어들지 못하고 불편한 얼굴로 바라볼 뿐이었다.

"제발 부탁……."

"캬아악, 퉤!"

그 순간 가장 선두에서 시위하던, 머리를 빡빡 민 남자가 가래침을 뱉었다.

그리고 그걸 뒤집어쓴 노인의 얼굴 위로 누런 가래가 흘렀다.

"꺼져, 이 병신 년들아."

"아니, 이 새끼들이 보자 보자 하니까!"

보다 못한 경호원 한 명이 눈이 뒤집어져 3단 봉을 펼치며 앞으로 나서려고 했다.

하지만 노형진은 그런 그를 손을 들어 말렸다.

"노 변호사님?"

"제가 알아서 하겠습니다."

노형진은 이를 뿌드득 갈면서 그들에게 다가갔다.

"그만하시죠."

"뭘 그만해?"

"이분들이 뭘 잘못했습니까? 이건 병원과 당신들 문제이지 이분들이 잘못한 건 아니잖아요?"

"말 한번 잘했다. 그래, 병신 새끼들 끌어들여서 집값을 떨어트려? 조까라 그래! 대룡은 장애인 병원 건립을 포기하라! 포기하라!"

"포기하라!"

극렬해지는 목소리에 노형진은 심호흡했다.

애써 분노를 진정시키면서 경호원들에게 눈짓했다.

경호원들은 노형진의 눈짓에 장애인 가족들을 데리고 다른 곳으로 몸을 피했다.

"후회할 겁니다."

"조까. 후회는 너희가 하겠지."

"글쎄요."

노형진은 웃었다.

진심으로, 웃었다.

어이가 너무 없으니까 재미있어지기까지 했다.

"그건 두고 보면 알겠지요, 후후후."

⚖

"괜찮으세요?"

"난 괜찮아. 애들 키우면서 더한 일도 당했는데, 뭘."

가래침을 뒤집어쓴 할머니는 애써 담담하게 말했다.

"그런데 우리가 도움이 된 거야?"

"도움이 되다마다요. 물론 한 번 더 이 짓을 해야 하지만……. 가능하시겠습니까?"

"나한테는 신경 쓰지 말어. 우리 애만 잘되면 되는 거지, 뭘."

"알겠습니다. 이 문제는 무조건 제가 해결하겠습니다."

"고마워."

할머니는 노형진을 바라보며 웃었다.

그렇게 모욕을 당하고 가래침을 뒤집어쓰고도 웃었다.

그런 그녀의 모습에, 뒤에서 조용히 지켜보고 있던 서세영은 마음속에서 이루 말할 수 없는 분노가 치밀어 오르는 것을 느꼈다.

"오빠, 저 새끼 당장 죽여 버리면 안 돼? 이거 명백한 모욕이잖아."

"모욕이지."

"그런데 왜 경찰에 신고 안 해? 바로 옆에 경찰 있었잖아!"

분노한 서세영의 말에 노형진은 차분하게 말했다.

"군자의 복수는 10년도 이르다는 말이 있지."

"그런데?"

"지금 신고해 봐야 결국 모욕 정도로 끝나. 벌금 한 150만 원…… 아니, 이번 경우는 한 300만 원 정도 나오겠지. 그런데 그걸 복수라고 할 수 있어?"

노형진은 서세영을 똑바로 바라보며 물었다.

"지금 네 안에 있는 그 분노, 그걸로 풀 수 있어?"

"아니, 전혀."

서세영은 단호하게 말했다.

"그래서 신고하지 않은 거야. 그건 나중에 해도 되는 일이니까. 그 분노는 작은 불씨일 뿐이야. 그리고 그 불씨가 커져서 세상을 집어삼킬 수 있게 하는 것, 그게 너, 아니 변호사들이 해야 할 일이야."

그 말에 서세영은 고개를 끄덕거렸다.

"알았어. 오빠를 믿을게."

"그래, 오빠를 믿어. 이 복수가 오래 걸리지는 않을 테니까."

어머니들이 다음으로 찾아간 이는 다름 아닌 곽두팔이었다.

곽두팔은 마침 다음 선거를 위해 출판 기념회를 하고 나오던 중이었다.

책 하나 내고 무슨 출판 기념회냐고 할지도 모르지만, 출판 기념회는 국회의원들 상당수가 하는 일종의 선거비용 모금 전략이었다.

공식적으로 돈을 모금하려면 한계가 있고, 그마저도 정부에 신고해야 하니 비자금을 빼돌릴 수도 없다. 그렇다고 대놓고 돈을 받자니 그건 뇌물죄가 된다.

그럴 때 쓰는 방법이 바로 출판 기념회다.

대필 작가에게 대충 작품 하나 쓰게 하고 그걸로 책을 내는 거다.

책 가격을 정하는 건 판매하는 사람이다. 그걸 이용해 책 가격을 한 5만 원쯤으로 정하고, 출판 기념회를 한다고 기업인들이나 부자들에게 보내는 것이다.

그리고 그쪽에서 찾아와서 책을 한 천 권쯤 산다.

그러면 한순간 5천만 원이 생기는 거다.

그런 식으로 합법적인 비자금을 받는 방식이 바로 출판 기념회였다.

물론 정상적인 작가가 참여하는 출판 기념회도 많지만, 소위 국회의원이라는 작자가 여는 출판 기념회는 대부분 이런 목적성을 가지고 하는 편이었다.

그렇다 보니 웃기게도 출판 기념회를 하는 국회의원들은 종종 전문 작가보다 더 많은 출판 권수를 보유하는 경우도 있었다.

어차피 그렇게 팔린 책은 누가 보지도 않고 바로 불쏘시개가 되니까.

그러다 보니 아이러니하게도 정부에 보고될 때는 5만 권이 팔렸네, 10만 권이 팔렸네 하는데 정작 시중에서는 그 책을 찾아보지 못하는 경우가 엄청나게 많다.

내용? 내용은 뭐 별거 없다. 자기 자랑이 대부분이다.

어쩔 수 없다. 사는 사람이나 파는 사람이나 쓰는 사람이나, 그걸 대부분은 보지 않을 거라는 걸 알기 때문이다.

그나마 살아남는 건 라면 받침대로 쓰이는 정도?

그러니 누가 그런 작품에 공을 들이겠는가?

'이번에도 제법 두둑하네.'

벌써 세 번째 출판 기념회를 하면서 곽두팔은 흡족한 기분이 들었다.

오늘 판매한 책만 2만 권. 한 권에 5만 원이니까 수익은 10억이다. 지난 출판 기념회에서 받은 돈과 합하면 이번 선거 비용은 충분히 번 셈이다.

'그래도 좀 더 받아 놔야 할 것 같은데 한 권 더 쓸까?'

그렇게 생각하면서 출판 기념회장에서 나오는 그때 한 무리의 여자들이 달려들었다.

"곽 의원님, 제발 장애인 병원 좀 허락해 주세요."

'뭐야, 이년들은?'

갑작스럽게 달라붙는 여자들에게 곽두팔은 짜증이 팍 났다.

오늘 10억이나 벌어서 기분 좋게 룸에 가서 한잔하려고 했는데 다 늙은 노친네들이 매달리니 기분이 잡치는 느낌이었다.

이것이법이다

"아니, 이 미친 노인네가!"

아니나 다를까, 경호원이 다가오는 노인을 발로 팍 차 버렸다.

"아악!"

"할머니!"

"크흠, 저 사람들 뭐야?"

"그게……."

"말을 해."

"아까부터 와서 상상동에 대룡장애인복지병원 개원을 허가해 달라고 저럽니다."

'지랄하네.'

그건 절대로 안 된다. 그렇게 되면 다음 선거에서 자신은 무조건 떨어진다.

국회의원은 국민을 위해 존재한다? 개소리다. 국회의원은 자기 자리를 위해 존재한다.

만일 이번 일을 허락해 주면 다음 선거에서 누가 자신을 찍어 주겠는가?

대놓고 말할 수 없어서 좋게 좋게 간담회도 하고 설득하라고 할 뿐이지, 곽두팔은 장애인 병원에 반대하는 입장이었다.

"제발, 의원님. 장애인들은 갈 곳이 없어요."

"치료 좀 받게 해 주세요."

"우리 애들 좀 살려 주세요."

하지만 그런 그의 생각과 상관없이 어떻게든 다가오려고 하는 노인네들.

"크흠."

불편한 생각이 든 곽두팔은 입을 삐쭉 내밀면서 신호를 보냈다.

그러자 신호를 받은 경호원들이 빠르게 나섰다.

"야, 저년들 끌어내!"

"이년들이 여기가 어디라고! 끌어내!"

질질 끌려 나가는 사람들.

그걸 지켜보는 곽두팔의 입에서는 욕이 흘러나왔다.

"진짜 좋은 날에 뭐 하는 거야? 경호 똑바로 안 해?"

"죄송합니다."

"기분이 안 좋아서 그냥 집에는 못 가겠다. 황 마담한테 연락해."

"네, 의원님."

기분이 나쁘든 말든 그의 계획이 변동되는 일은 없었다.

⚖

노형진은 영상을 보면서 심호흡했다.

"뭐, 예상했으니까."

곽두팔은 표 때문에라도 절대 병원을 허락하지 않으려고 할 거다.

물론 대룡에서 직접적으로 죽이려고 한다면 곽두팔 정도 되는 국회의원 하나 묻어 버리는 건 일도 아니다.

하지만 그러면 국회의원들이 대룡을 적대할 가능성이 크다.

그들은 서로 소새끼 개새끼 하면서 싸우지만 자신의 권력에 저항할 요소가 있으면 똘똘 뭉쳐서 대항하니까.

"그러면 이제 계획대로 하면 될까, 오빠?"

"그래, 계획대로 해야지. 복수를 시작하자고."

"호호호, 이래서 다들 오빠랑 일하고 싶어 하는구나."

서세영은 웃으면서 자판의 엔터를 강하게 쳤다.

그러자 영상이 천천히 업로드되기 시작했다.

"이제 복수를 시작하자."

⚖

매일같이 사회적으로 부조리한 일이 벌어진다.

그리고 대부분의 사건은 그냥 흐지부지 넘어간다.

당사자가 귀찮다는 이유로 넘어가기도 하고, 경찰이 귀찮다는 이유로 수사를 하지 않기도 한다.

그리고 그렇게 억울한 피해를 입은 경우 사람들이 마지막으로 기대는 것은 인터넷이었다.

그래서일까, 이번 사건의 경우는 노형진이 띄우기 위해 고의적으로 작업할 필요조차도 없었다.

노형진은 영상을 인터넷에 올렸다.

어차피 외국 IP로 올렸기에 영상을 블러 처리하지도 않았다. 어설프게 법을 지키려 하기보다는 확실하게 보복하기 위해서였다.

아니나 다를까, 그 영상을 본 사람들의 분노는 하늘을 찔렀다.

-아니, 미친 새끼들! 장애인 시설이 그렇게 싫어?
-저런 새끼들이 병신이 되면 뭐 안 해 준다고 지랄하겠지.
-저따위 게 사람이냐?

대부분의 사건에서 장애인 시설을 반대한다고 하면 지역이기주의라며 사람들이 그 지역을 욕하는 선에서 넘어간다.

하지만 자신의 어머니뻘 또는 할머니뻘 되는 사람들을 욕하고 심지어 무릎을 꿇고 있는 할머니에게 가래침을 뱉는 모습을 본 사람들의 분노는 하늘을 찔렀다.

-상상동은 지옥의 악귀들만 사는 동네다.
-말만 서울이지 더럽게 못사는 새끼들이 돈독이 올랐네.

−정부는 뭐 하냐? 저런 새끼들 안 잡아가고.

상상동의 시위는 당연히 대중에게 잘 알려져 있지 않았다.

하지만 그 영상 하나로 순식간에 분위기가 바뀌었다.

사람들은 상상동을 후안무치한 악마들이 사는 동네 취급하기 시작했고, 그 주범인 상상동비상대책위원회에 분노를 토해 냈다.

순식간에 뉴스의 메인에 올라갔고, 상상동비상대책위원회는 발칵 뒤집어졌다.

"미쳤어요? 아니, 시위는 둘째 치고 노인한테 뭔 짓을 한 거야?"

"우리 어머니뻘 되는 분한테 가래침을 뱉다니, 그게 말이나 됩니까?"

"아니, 너희가 그러고도 사람이냐?"

집값이 올라가기를 원한다고 해서 상상동 주민들이 다 악마인 것은 아니다.

대중에게 싸잡혀 미친놈 취급받게 된 상상동 주민들은 억울하기 그지없었다.

물론 시위한 사람들이 저지른 잘못이기는 하다. 하지만 이번에는 선을 넘어도 너무 확실하게 넘었다.

"오해가 있는 겁니다. 그들이 우리를 대표하지는 않습니다. 일단은 오해라고 발표하고 사건을 수습하겠습니다."

상상동비상대책위원회의 위원장 무광민은 상황을 정리하려고 애썼다.

설마 그 당시 영상을 찍고 있을 거라고는 생각도 못 했는데 그야말로 엄청난 영상이 퍼져 버렸다.

차라리 단순히 말싸움만 했다면 별문제가 없었을 것이다.

이런 지역이기주의 사건은 흔해 빠졌기에 잠깐 이슈는 될지언정 그걸로 인해 이쪽이 공격받는 경우는 드물다.

하지만 상황이 좋지 않았다.

"곽 의원님, 어떻게 좀 막아 주세요."

─장난해? 이걸 내가 어떻게 막아? 당장 내 목이 날아가게 생겼는데!

곽두팔은 분노했다.

지역 표를 얻으려다가 표는커녕 공천도 날아가게 생겼다.

그럴 만한 게, 자신이 장애인 가족들을 천대하는 게 인터넷에 올라갔기 때문이다.

문제는 그게 올라간 시기였다.

차라리 자신이 장애인 가족을 끌어내라고 하는 영상이 먼저 올라간 후에 비대위 측 영상이 올라갔거나 동시에 올라갔다면 문제가 없었을 것이다.

나중에 터진 비대위 측 영상으로 묻혀 버렸을 테니까.

하지만 비대위의 영상이 먼저 올라가고 한참 지나서 자신의 영상이 올라갔다.

정확한 날짜와 시간이 표시되어 있는 영상이 아니었기에 사람들이 보기에는 곽두팔이 그 비대위에서 저지른 패륜 영상을 보고도 철저하게 무시한 것으로 보였다.

　－저런 새끼가 국회의원이라고? 미치겠네!
　－누가 그랬지, 국민은 자기 수준에 맞는 국회의원을 가진다고. 상 상동 수준에 딱 맞는 정치인이네.
　－그래, 그래도 꼴에 가래침은 안 뱉네.
　－그래도 기분 나쁘다고 거시기로 뭐 뱉으러 가긴 하네. ㅋㅋㅋ.
　－아, 그건 인정. ㅋㅋㅋ.

단순히 무시하는 것만 나간 게 아니라 자신이 그길로 룸살롱에 가는 것까지 편집되어서 올라가는 바람에 패륜 동영상을 본 사람들의 분노는 그대로 곽두팔에게로 옮겨 갔다.
당연히 민주수호당은 발칵 뒤집어졌다.
그리고 결국 어젯밤 심각한 발표를 했다.

　－저희 민주수호당에서는 곽두팔을 윤리위원회에 제소하기로 했습니다.

윤리위원회에 제소된 이상 곽두팔에게 다음 공천은 없다고 봐도 무방했다.

아니나 다를까, 지금까지 계파를 만들려고 노력하던 모든 사람들에게서 연락이 끊겼고 전화조차도 받지 않았다.

그러니 자신의 인생을 망친 상상동 문제에 대해 곽두팔은 극도로 분노할 수밖에 없었다.

-그 문제는 네가 알아서 해, 이 새끼야!

곽두팔은 분노하면서 상상동비상대책위원회의 대표인 무광민에게 욕설을 내뱉었다.

그리고 '쾅!' 소리와 함께 전화가 끊어졌다.

"돌겠네, 씨팔."

무광민은 숨이 턱턱 막혔다.

갑자기 일이 이렇게 틀어질 줄은 몰랐으니까.

"형님, 저기, 시간이 되었는데요? 다들 와서 모여 있어요."

"회장님이라고 하라고 했지, 이 새꺄!"

한숨을 쉬던 무광민은 부하의 말에 한 소리 하고 자리에서 일어났다.

일은 터졌으니 일단 어떻게 해서든 무마해야 했다.

그는 미리 준비한 대회의실로 향했다. 거기에는 마을 주민들이 흉흉한 분위기로 모여 있었다.

"죄송합니다. 그 사람은 바로 해고하고…….'

땀을 뻘뻘 흘리면서 무광민이 미리 준비한 연설문을 읽으면서 사태를 해결하려고 할 때였다.

그렇잖아도 기회를 노리고 있던 한부원이 꼬투리를 잡고 자리에서 일어났다.

"지금 해고한다고 했습니까?"

"당신은……."

무광민도 한부원을 안다. 당연하게도 이 지역 주민 중에서 가장 껄끄러운 놈이 바로 한부원이었다.

다만 업무 자체가 겹치는 게 없어서 서로 데면데면하게 지낼 뿐이었다.

하지만 이제 그런 시간은 끝났다.

"나 몰라요? 나 여기 상상동재건축조합 대표 한부원이오. 아직 비인가이기는 하지만."

"그런데요? 당신이 누군지가 중요합니까?"

"아니, 그건 중요하지 않지. 나도 여기 주민으로서 와 있는 거니까."

"그런데요?"

"방금 그 인간을 해고한다면서? 아니, 직원도 아닌 동네 주민을 어떻게 해고해? 그 사람, 동네 주민 아냐?"

그 말에 무광민은 아차 했다.

다급한 나머지 실수한 것이다. 그것도 최악의 상대 앞에서 말이다.

그런데 한부원의 말은 그걸로 끝나지 않았다.

"그러고 보니까 나도 그 인간을 본 적이 없네?"

"그게 무슨 말입니까? 애초에 당신은 자격도 없잖아!"

"그러니까 인가받으려고 직접 집집마다 다녔지. 그래서 어지간한 사람들은 한 번씩 다 만났거든? 그런데 그 사람을 비롯해서 시위하는 사람들 중 상당수를 본 적이 없어."

한부원의 말에 옆에 앉아 있던 주민이 깜짝 놀라 그를 돌아보았다.

"뭐? 그게 무슨 소리야?"

"저는 처음 보는 사람들이라는 거죠."

한 동네의 모든 주민을 아는 건 불가능하다. 상상동이라지만 인구가 수만은 넘으니까.

그래서 대부분의 사람들은 그들이 다른 주소지의 주민이라 생각했다. 그래서 미처 물어볼 생각도 하지 않았다.

"근데 아무리 생각해도 기억이 안 나요."

다만 재건축조합이라면 이야기가 다르다.

조합에서 이 지역을 재건축하자고 몇 년 동안 돌아다니면서 주민들을 만나고 설득하고 있다는 것쯤은 다들 알고 있었다. 그런데 그들조차 처음 보는 자들이었다?

대번에 사람들의 눈에 의심이 서렸다.

그리고 그 시선을 본 무광민은 아차 했다.

"아니, 당신이라고 해서 동네 주민들을 다 아는 건 아니잖아? 인구가 몇 명인데!"

"뭐, 확실히 그렇긴 하지."

아무리 한부원이라고 해도 모두를 알 수는 없다. 자신이 아닌 다른 사람이 다닌 집들도 있으니까.

"그러니까 주소지 좀 확인합시다."

"뭐라고?"

"아니, 우리 주민인지 확실하게 확인 좀 하자고. 내가 기억 못 하는 게 내 잘못인지는 주소만 확인하면 간단하게 알 수 있는 거 아냐?"

"그건……."

당연히 그럴 수는 없다. 그들은 외부에서 데리고 온 시위꾼이니까.

"그건 개인 정보라……."

"지랄하지 말고. 마을 주민이라면서 어디에 산다는 것쯤은 말할 수 있잖아?"

"개인 정보라 말 못 합니다."

"그러면 대략적인 위치라도 말해. 그 주변에 가 보면 주민 중 누군가는 기억하겠지."

당연히 기억 못 한다. 애초에 그는 여기에 사는 사람이 아니니까.

"안 됩니다. 그렇잖아도 이번 사태로 힘들어하는 사람입니다. 주소를 공개하면 자살할지도 모릅니다. 그가 집중 공격당하게 하는 건 비도덕적입니다. 비상대책위원회 대표로서 말씀 못 드립니다."

도저히 말할 수 없었던 무광민은 필사적으로 둘러댔다.

그러자 사람들은 미심쩍어하면서도 이해했다.

얼굴이 그대로 노출된 채 인터넷에 올라간 탓에 전국, 아니 전 세계에서 그를 욕하고 있는 상황이다.

세상의 그 어떤 나라에서도 할머니뻘 되는 사람의 얼굴에, 그것도 빌고 있는 사람의 얼굴에 가래침을 뱉는 게 용납될 리가 없으니까.

그 상황에서 주소까지 털린다면 아마 누구라도 자살할 거다.

"대표? 누가?"

하지만 이미 한부원은 상황 파악이 끝난 상황이었다.

"뭐요?"

"당신이 대표라고 누가 그래?"

"애초에 상상동비상대책위원회 대표가 접니다만?"

"아니, 그거야 그렇지. 그런데 말이야, 그거 위임받았어?"

"뭐라고요?"

"나는 위임장이나 동의서를 써 준 적이 없거든. 나도 아까 말했잖아, 비인가라고. 나도 아직 동의서를 다 못 받아서 비인가라고 말하는데, 너는 동의서를 받았느냐고."

"그거야……."

못 받았다.

아니, 신경도 안 썼다.

그는 주민들을 선동했고, 계획대로 주민들은 선동되어서 달려왔다.

그러니 딱히 동의서를 받은 적은 없다. 받을 생각도 해 본 적 없고.

"아직……."

"아직 동의서도 못 받았는데 뭔 대표라고 지랄이야? 네가 뭔 자격이 있어서 대룡이랑 협상하는데?"

"그거야……."

당황스러운 사태에 무광민은 뭐라 말할 수가 없었다.

이건 진짜 생각도 못 한 사태였다.

대충 무마할 수 있을 거라 생각했던 사건이 무럭무럭 부피를 키워 가더니 자신의 대표성까지 도마 위에 올랐다.

그런 무광민을 향한 한부원의 날 선 힐난에, 잠시나마 그에게 동조했던 주민들 역시 아차 했다.

그냥 비대위 대표라고 부르기만 했지 위임 여부는 단 한 번도 확인한 적이 없다. 심지어 비상대책위원회라고 하는데 정작 선발 과정도 거쳐 본 적이 없었다.

그냥 자기네들이 비상대책위원회 위원이라면서 마을 사람들을 만나 대룡에서 돈을 받아 낼 수 있다고, 아니면 집값을 올릴 수 있다고 들쑤시고 다녔다.

"그러고 보니 나도 동의서를 써 준 적 없는데?"

"그건 나도 마찬가지야."

"동의서도 써 준 적 없는데 무슨 대표야?"

그제야 이상함을 느낀 주민들이 따지기 시작하자 무광민은 다급하게 말했다.

"죄…… 죄송합니다. 제가 마음이 급해서. 자 자, 지금이라도 동의서를 받겠습니다."

하지만 이미 비틀린 상황은 이제 와서 슬쩍 넘어가려고 한다고 해서 넘어갈 수 있는 게 아니었다.

"지랄. 뭘 믿고 너한테 동의서를 써 줘?"

"뭐라고?"

"뭐라고 했냐? 나이도 어린 게 말이 짧아진다?"

한부원은 지금이 기회라는 걸 알아차렸다.

그래서 더더욱 무광민을 몰아붙였다.

"동의서도 받지 않고 초대형 사고를 치고, 심지어 그 새끼 주소도 못 알려 주는 너의 뭘 믿고 동의서를 써 주냐고."

"제가 비상대책위원회 대표니까……."

"자칭 대표는 나도 하고 있어."

한부원은 기회를 잡은 듯 말했다.

"이참에 확실하게 하자. 나도 이번 비상대책위원회 대표 자리에 출마할게."

"안 됩니다. 그럴 수는 없습니다."

"뭐가 안 돼? 장난해? 이런 자리가 자칭하는 걸로 끝나는 자리야? 그렇게 자기 마음대로 하다가 사고 쳐도 되는 자리냐고! 우리 마을 이미지는 어쩔 거야? 우리 마을 집값은 어쩔 거냐고!"

한부원의 말에 주민들 모두 고개를 끄덕거렸다.

생각해 보니 동의서도 없이 대표 노릇을 하다 마을 이미지만 망가트렸던 것이다.

"그런 상황이라면 제대로 된 대표를 뽑는 게 맞지."

"암, 그럼."

자기편을 들어 주던 사람들조차도 고개를 끄덕거리는 걸 보면서 무광민은 식은땀을 흘렸다.

일이 잘못되고 있다는 걸 알 수 있었지만 이제는 브레이크도 걸 수 없었다.

"아마도 투표에서 한부원이 압도적인 차이로 이길 거야."

"그러겠네."

이미 이전부터 개인적인 관계를 가지고 있던 한부원.

자칭 비상대책위원회 대표라고 설레발치다가 초대형 사고를 친 무광민.

이 둘의 싸움은 사실상 답이 나온 것이나 마찬가지였다.

"조용히 있던 사람들도 대부분 무광민에게 표를 주지는 않겠지. 더군다나 한부원은 자칭이라는 표현이 가지는 한계를 알고 있거든."

그가 재건축조합을 만들고 설득하러 다닌 건 사실이지만 그 직함을 이용해서 공적인 일을 한 적은 없다.

이름을 선점했지만 그렇다고 해서 그걸 이용한 것도 아니다.

그가 한 일은 이제까지 동의서를 받으러 다닌 것뿐.

그러니 사칭해서 사고를 친 무광민과 비교할 바가 아니다.

"무광민 일당은 아마 쫓겨나겠네."

"그러겠지. 우리가 살짝 도와주면 어렵지 않게 끝날 거야."

"도와준다고? 어떻게? 그런데 설마 쫓아내는 걸로 복수가 끝났다고 치는 건 아니지, 오빠? 그건 영 꺼림칙한데."

노형진은 서세영의 그 말에 피식 웃었다.

"고작 그걸 복수라고 하면 섭섭하지. 이건 그냥 협상 상대방을 특정하기 위한 하나의 과정일 뿐이라고."

여기까지는 대룡의 정상적인 업무를 위한 하나의 과정일 뿐이지 복수를 끝낸 건 아니라면서 노형진은 단호하게 선을 그었다.

"그러면 이제 어떻게 하려고?"

"간단해. 전에 하지 않은 고소를 해야지."

"모욕?"

"그래."

"이제 와서?"

"이제 와서가 아니라 지금이니까 고소할 수 있는 거야. 아니, 지금 해야 해. 그래야 복수가 제대로 될 테니까."

복수는 타이밍이다. 그리고 노형진은 복수의 타이밍을 놓칠 생각이 없었다.

노형진은 그 당시에 모욕했던 인간들과 시위하던 사람들을 모욕죄로 고소했다.

그리고 그들은 이 상황에 벌벌 떨었다.

벌벌 떨 수밖에 없었다.

"이름."

"김배단."

"주소!"

노인에게 가래침을 뱉은 놈을 담당하게 된 형사의 말투는 거칠기 이를 데 없었다.

그럴 수밖에 없다.

그도 그 영상을 봤다.

자식을 떠나보내고 하나 남은 손자라도 살려 보겠다고 비는 노인의 얼굴에 가래침을 뱉은 인간을, 그는 사람 취급해 주기도 싫었다.

"……."

"주소!"

"……."

"이 새끼야! 주소 부르라고!"

"……."

"하, 이 새끼 봐라? 이제는 경찰도 만만해 보이냐?"

주소를 부르라는 말에 답을 하지 않는 김배단을 보면서 경찰이 화내려는 그 순간, 뒤에 있던 노형진이 다가와서 김배단의 어깨에 손을 올렸다.

그리고 순식간에 기억을 읽고는 피식 웃었다.

아니나 다를까였다.

"말을 안 하는 게 아니라 못 하는 겁니다, 수사관님."

"노 변호사님, 그게 무슨 말입니까?"

안 하는 게 아니라 못 하는 거라니? 주소지가 길바닥이라도 된단 말인가?

그런 생각은 반쯤은 맞았다.

"김배단 씨 주소지는 여기가 아니라 전남 광양이거든요."

"뭐요?"

"애초에 여기에 산 적이 없는 거죠."

예상대로 김배단은 여기 주민이 아니었다.

그뿐만 아니라 다른 사람들도 마찬가지였다.

그들은 전문 시위꾼들. 돈을 받고 와서 깽판을 치고 사업을 방해하는 놈들이었다.

"아니, 광양 놈이 여기에서 뭐 해?"

"대룡의 업무를 방해하고 돈을 갈취하기 위해서죠."

"아…… 아닙니다."

김배단은 얼굴이 사색이 되어서 부인했다.

하지만 이미 상황이 늦어 버렸다.

그의 주소지가 상상동이었다면, 아니 하다못해 상상동에 집이라도 한 채 있다면 그는 사건의 당사자로서 무슨 말을 하든 시위를 하든 권한이 있었을 것이다.

하지만 그렇지 않았기에 당연히 아무런 권한도 없었다.

"법에서는 그걸 업무방해라고 하지요."

노형진은 떡하니 미리 준비한 소장을 꺼내며 말했다.

"주소지는 아직 공식적으로 말하지 않았으니 나중에 고치 겠습니다."

"……!"

김배단은 사색이 되었다.

그에 대해 언질을 받아서 어떻게 해서든 걸리지 않으려고 했다. 그래서 말을 못 했던 거다.

그런데 노형진이 자신의 주소지를 까발렸다.

청천벽력 같은 상황.

그 상황에서 노형진은 한마디 더 던졌다. 김배단을 코너로 몰기 위해서였다.

"그나저나 이 정도면 배상금이 어마어마하겠네요. 수십억 단위는 나오겠는데요?"

"수…… 수십억?"

"원래대로라면 이미 정상적으로 운영이 시작되었어야 할 종합병원급 병원입니다. 그런데 그걸 몇 주간 영업을 못 하게 막았으니 당연히 그 정도 돈은 나오겠죠."

안타깝다는 듯 어깨를 으쓱하는 노형진.

"벌어 둔 돈이 얼만지는 모르겠지만 이거 영 부족하겠는데? 압류만으로는 턱도 없을 것 같은데."

그 말에 김배단은 온몸이 달달 떨렸다. 설마 일이 이렇게 될 줄은 몰랐으니까.

당연히 그는 살기 위해 입을 열었다.

"저는 아무것도 몰라요! 그냥 시키는 대로 한 거예요!"

"시키는 대로 한 거라고요?"

"네, 진짜예요. 진짜로 저는 시키는 대로 한 거예요!"

"누가요? 누가 시키던가요?"

"무광민이요! 무광민 그놈이 시켰어요. 병원 앞에서 시위하면 돈을 준다면서……."

예상대로였다.

그는 전문 시위꾼이었고, 시위하라고 시킨 건 무광민이었다.

－상상동비상대책위원회에서는 지역 주민이 아닌 사람들을 대거 고용, 대룡장애인복지병원 설립을 막은 것으로 드러났습니다. 경찰의 발표에 따르면 비상대책위원회 무 모 씨는 상상동 비상대책위원회의 대표를 사칭하면서 사람을 고용해 장애인 전문 병원의 건립을 막을 목적으로…….

"이런 젠장!"

무광민은 정신이 아득해졌다.

그렇잖아도 투표가 점점 다가오고 있는데 불리하기는 더럽게 불리했다. 그런데 그 와중에 이런 뉴스가 뜨다니.

"형님, 어쩌죠? 우리 진짜 좆 된 것 같은데요?"

같이 일하던 동생들은 입술이 바짝바짝 말랐다.

모든 걸 잃어버리게 생겼으니까.

"괜찮아. 어떻게 해서든 투표에서 이기기만 하면……."

그때 한 동생이 슬며시 손을 들었다.

"형님, 그게요. 아까 회의에 잠깐 갔다 왔는데…….."

오늘 비대위 회의가 있다고 해서 몰래 거기에 저놈을 보냈다. 그는 아예 입장도 안 시켜 주니까.

"아예 투표를 안 하는 분위기던데요."

"뭔 소리야?"

"아니, 그러니까 비상대책위원회가 이미 십창 나서 그걸 이어받아 봐야 더럽기만 하니까 아예 새로 조직을 만들어서 대룡이랑 이야기하자고⋯⋯."

"뭐? 그러면, 씨팔, 난?"

"그거야⋯⋯."

당연히 나가리 되는 거다.

사칭하여 문제를 일으킨 놈을 쫓아내기 위해 새로 조직을 만드는데 그 사람을 후보로 받아 줄 리도 없고, 어찌어찌 출마한다고 해도 그를 뽑아 줄 리도 없으니까.

"이런 염병."

도대체 어디서부터 잘못된 걸까? 그는 정신이 아득해지기 시작했다.

복수의 시간이다

노형진은 무광민에 대해 조사하고 있었다.

그리고 그 기록을 보고 서세영은 입을 쩍 벌렸다.

"집이 135채? 미친! 이런 부자가 왜 그딴 짓을 한 거야, 오빠?"

무광민의 재산을 조사하자 나온 집이 한 채도 아니고 무려 135채였다.

보통 그 정도 재산이 있으면 이런 위험한 짓거리는 하지 않는다. 한 채당 단순하게 5억만 잡아도 675억에 달하는 어마어마한 재산이기 때문이다.

"흠, 예상대로네."

"뭐? 오빠, 예상대로라니 무슨 말이야?"

"뭐, 간단해. 이게 보이는 전부가 아니라는 거지."

"뭐?"

"문어발이라고 하지. 이런 기법은 좋게 말하면 투자, 나쁘게 말하면 사기지. 사실 한국에서는 이런 기법이 투자라고 하기는 하는데, 실상은 사기에 가깝거든."

일단 집을 하나 산다. 그리고 그 집을 담보로 은행에서 돈을 빌려서 월세 보증금을 더한 다음 다시 새로운 집을 산다. 그런 뒤 또다시 새로운 집을 담보로 돈을 빌린다.

이 과정을 무한 반복하는 거다.

"그러다 보면 이렇게 집이 늘어나는 거지."

이런 행위에 대한 법적인 제재가 없기 때문에 막을 방법이 없어서 외부에는 어마어마한 재산을 가진 부자처럼 보이는 거다.

"아니, 그러면 이자가 장난 아닐 텐데?"

"말했잖아, 월세라고. 매달 나오는 월세가 있잖아."

"아……."

그렇게 번 돈으로 이자까지 냄으로써 그런 방식으로 투자한 인간은 단돈 5억으로 수백 채의 집을 가지고 있는 부자가 되는 거다.

"한국은 재산이 결국 신용이고 믿음이거든."

한 지역에 집이 이렇게 잔뜩 있으면 사람들은 그 사람을 능력이 있는 투자자 또는 재벌쯤으로 생각한다.

이것이 집이다

당연히 그런 그의 재산이 그가 상상동비상대책위원회 위원장이라고 설레발치고 다녀도 그에게 믿음을 주는 일종의 안전장치가 되었을 거다.

"하지만 현실적으로 사상누각이지. 아니지. 이건 사상누각 정도도 안 돼."

당장 한 곳만 삐끗해도 이 모든 곳이 우르르 무너지기 시작하니까.

이런 식으로 투자하기 시작하면 결과적으로 여유 자금은 없다. 당연히 세입자가 나가거나 집을 수리하거나 해야 할 때 필요한 자금이 없어서 세입자가 방을 뺄 때 돈을 돌려받지 못할 가능성과 집이 낙후될 가능성이 커진다.

"실제로 주소지를 봐. 대부분 빌라에 아니면 낙후 주택이지?"

"어, 그러네?"

만일 재산이 있다면 돈이 되는 건 아파트지 빌라나 단독주택이 아니다. 그런데 주소 기록을 보면 대부분의 집들이 빌라나 단독주택이다.

"이유가 뭐겠어? 아파트보다는 빌라가 싸거든."

아파트는 빌라를 담보로 잡아서 얻을 수 있는 가격이 아니다. 당연하게도 얻고 싶어도 얻지 못한다.

"아니, 그런데 이런 짓은 해 봤자 위험하기만 하지 오빠 말대로라면 딱히 돈이 되는 것도 아니잖아?"

돈이 안 된다. 월세는 이자 내기 바쁘고 세금도 엄청나게 나올 테니까.

물론 아예 수익이 나지 않는 건 아니겠지만, 건물에 대한 관리비나 기타 비용을 생각하면 화려하고 엄청난 부자로 보이는 껍데기에 비해 그 수익은 그리 많지 않다.

"이유야 뻔하지. 딱지."

"딱지?"

"그래. 이 지역을 재건축한다고 하면 딱지라고 하는 입주권이 나와."

그리고 현행법상 그 딱지라고 하는 아파트 입주권은 한 가구당 하나가 나온다. 쉽게 말해서 집이 두 채면 입주권도 두 개인 셈이다.

"그리고 법적으로 입주권은 거래 대상이지. 어찌 되었건 서울이니까. 이 입주권 가격이 못해도 2억은 할걸."

"잠깐, 그러면?"

"그래, 단돈 5억으로 무려 270억에 달하는 수익을 낼 수 있는 거야."

터무니없는 수익률이다.

물론 재건축이 진행될 때의 이야기지만, 이미 한부원이 사방을 뛰어다니고 있었으니 무광민이 나서서 설득해도 불가능한 것은 아니다.

"그런데 왜 이런 짓을 벌인 거야? 가만히 있어도 돈이 굴러올 것 같은데."

"입주권의 가치는 주변 환경의 영향을 많이 받아. 특히 주
변에 대형 병원이 있으면 노후를 준비하는 사람들이 선호하
게 되지."

지금은 입주권이 2억이지만 만일 제2의 대룡병원이 생긴
다면?

아마 3억이 넘을 거다. 270억이 한순간에 405억이 되는 거
다.

"더군다나 입주권만 거래하는 게 아니니까."

"네?"

"입주권은 집에 대한 권리라고 했잖아. 집 없이 입주권만
인정되지는 않아. 그 둘은 묶여 있는 거야. 즉, 상대방은 입
주권뿐만 아니라 집도 사야 한다는 거지."

그리고 만일 여기에 대형 병원이 생긴다면?

"아마 5억짜리 집이 못해도 7억, 어쩌면 8억까지도 가겠
지."

가격 상승분 3억에 입주권 2억. 그러면 합이 5억이다.

5억을 들여서 한순간 675억이 넘는 막대한 수익을 챙길 수
있게 되는 거다.

"집이야 어차피 팔게 되면 그걸로 빚을 갚아야 하니까 처
음에는 입주권만 생각하겠지."

그것만 해도 270억만 생각했을 거다. 하지만 주택 가격이

상승한 후 팔면 차액은 자신이 먹게 된다.

"눈이 돌아가지 않으면 그게 이상한 거지."

한 방에 수백억이 들어올 수 있는 상황이 되니 무광민 입장에서는 눈이 돌아가지 않을 리가 없다.

"하지만 장애인 시설이 들어와도 오른다면서?"

"10~20% 오르는 것과 50% 이상 오르는 것은 수익 차이가 엄청나지. 돈이 돈을 부른다는 말이 괜히 생긴 게 아니잖아?"

"그건 그래."

투자금 100만 원에 수익이 50%면 50만 원을 버는 거지만, 투자금이 100억이면 50억을 버는 거다.

현대사회에서 자본이 상승하는 속도가 다른 걸 압살한 지 오래.

그러니 무광민 입장에서는 어떻게 해서든 땅의 가격을 올리는 게 중요했다.

"그러니 무광민이 나서서 선동한 거야."

"그런 거였나?"

아무리 상상동비상대책위원회라지만 확실하게 돈 나오는 구멍이 없는 집단이다. 정식으로 위임장을 받은 것도 아니니 주민들에게서 돈을 받을 수도 없는 노릇이고.

"그러니 자기 돈 들여 가면서 시위꾼까지 고용해서 난리를 피운 거지."

잠깐은 힘들겠지만 성공만 한다면 수익이 최소한 수백억

은 늘어나니 당연히 그걸 해결하고 싶을 것이다.

"짜증 나네?"

"왜?"

"이 새끼는 가만히 있으면 수백억이 생기는 거잖아."

서세영의 말에 노형진이 고개를 흔들었다.

"내가 말했잖아, 복수한다고."

"이걸 어떻게 복수하려고? 답 안 보이는데."

"아까 말했다시피 이런 투자 전략은 하이 리스크 하이 리턴이야. 뭐 하나만 틀어져도 모든 게 무너지지."

"어떻게?"

노형진은 오늘 자 신문을 툭툭 쳤다.

"이미 그는 언론을 통해 이미지가 박살 났어. 그런데 이런 사실을 세입자들이 알면 어떻게 되겠어?"

⚖️

"잠깐…… 잠깐! 저희…… 월세 보증금 못 받아요?"

"네, 아마 그럴 가능성이 높습니다."

무광민의 집들이 어디인지 알고 있으니 그곳에 살고 있는 사람들을 찾아가는 건 어려운 일이 아니었다.

그리고 새론은 다른 로펌과 다르게 찾아가서 소송해 달라고 하는, 쉽게 말해서 기획 소송을 하는 곳이다.

"현재 집주인인 무광민 씨는 주택을 담보로 잡고 여러분들에게 받은 보증금을 합해서 새로운 주택을 구입하는 방식으로 재산을 늘려 왔습니다."

"네?"

그 말에 대부분의 세입자들이 정신이 아득해지는 얼굴이 되었다.

"하지만…… 재산이 어마어마하다고…… 걱정하지 말라고…… 집이 100채가 넘는다고…….."

"네, 집 자체는 135채입니다. 하지만 전부 그런 식으로 불린 재산입니다. 현실적으로 보증금을 빼 줄 수 있는 방법이 없지요."

그 말에 사람들은 털썩 주저앉았다.

"아, 안 돼……."

"내 돈…… 내 돈……. 내가 어떻게 번 돈인데……. 내 돈!"

서울이라지만 오래되고 낙후된 동네다. 이런 동네에 사는 사람들이 부자일까?

그럴 리가 없다.

그들은 어떻게 해서든 집값을 마련하기 위해 은행 대출까지 받아야 했던 그런 사람들이다.

"물론 정상적인 상황이라면 문제가 없었을 겁니다."

그들이 집을 빼고 나간다고 하면 거기에 세입자를 새로 받을 테고, 서울이라는 특성상 세입자를 구하는 건 어려운 일이 아닐 것이다.

서울에서 싼 가격에 방을 구하는 건 하늘의 별 따기니까.

여기에 사는 모든 사람들이 여기가 저당 잡혀 있다는 걸 모르고 들어온 게 아니다.

저당 잡혀 있으면 그들은 후순위 채권이 되고, 후순위 채권이 되면 사실상 채권을 받을 수 있는 방법이 없어진다.

하지만 다른 선택지가 없으니까.

알지만, 서울에서 방을 구하는 게 거의 불가능하니까 들어온 거다.

더군다나 집주인이 소유한 집이 100채가 넘는다고 하니 설마 그 돈을 못 받을까 하는 생각도 했을 것이다.

"변호사님…… 제발…… 제발 어떻게 해 주세요, 네? 제발요. 저희 이 돈 날리면 진짜 길바닥에 나앉아요."

"제발 살려 주세요."

"그게, 힘들 것 같습니다."

노형진은 안타깝게 말했다.

그는 변호사이지 법을 만드는 사람이 아니니까.

"얼마 전에 뉴스에도 나갔지만 그는 현재 사기 및 업무방해와 관련해서 수사 중입니다. 그리고 대룡에서는 그 사실에 분노하고 있죠."

"그러면……."

"아마도 무광민에 대한 대출 연장은 거절될 겁니다."

은행이 바보도 아니고, 그의 몰락이 시작되었다는 것을 모를 리가 없다.

당연하게도 그의 대출 연장은 거부될 테고, 그는 막대한 돈을 한 번에 갚아야 한다.

"거기다 대룡에서도 손해배상을 청구할 테고요."

"네? 대룡에서요? 왜요?"

"그가 업무를 방해한 것이 명백한데, 그로 인한 손실액이 100억이 넘는다고 보고 있으니까요."

당사자가 본인의 이익을 위해 시위하거나 항의하는 건 당연한 일이다. 그러니 그걸로 대룡이 소송하지는 못한다.

할 수야 있겠지만, 사회적으로 욕을 바가지로 처먹을 거다.

하지만 무광민의 경우는 그걸 넘어서 대룡이 영업하지 못하게 할 목적으로 시위를 전문으로 하는 시위꾼을 고용해서 대룡을 묶어 놨다.

이는 명백하게 선을 넘는 업무방해고, 대룡이 얌전히 넘어가 줄 이유가 없다.

"그러면…….."

"지금 당장 돈을 돌려 달라고 하세요. 지금이 아니면 돈을 돌려받지 못할 겁니다."

"네?"

"일단 집부터 압류를 거시는 걸 추천드립니다."

"네? 하지만 여기는 이미 압류가…….."

"하지만 전부는 아니죠."

전부는 아니다.

대출한다고 해도 건물 값어치의 100%만큼 나오는 대출은 없다. 그랬기에 무광민은 부족한 부분을 메꾸기 위해 월세 보증금을 받고 그걸로 집을 산 거다.

"일반적으로 은행에서 빌려주는 가치는 60% 정도입니다."

즉, 나머지 40%는 보증금을 받아서 메꾼 거다.

"지금 압류를 거신다면 전부는 아니더라도 일부는 건지실 수 있을 겁니다. 아직 대룡은 소송하기 전입니다. 만일 대룡에서 소송을 걸게 되면 여러분들은 3순위 채권이 됩니다."

그 말에 다들 눈을 크게 떴다.

"자, 여기 저희 새론에서 준비한 소장입니다. 한번 읽어 보시고 빈칸을 채우시면 됩니다. 그러면 저희가 최선을 다해서 여러분들의 보증금을 지켜 드리겠습니다."

"저부터 해 주세요!"

"변호사님, 저부터, 제발 저부터 해 주세요! 저 여기서 쫓겨나면 진짜 죽어야 해요."

"진정하세요. 어차피 접수가 끝나야 소송이 시작됩니다. 먼저 쓴다고 해도 바로 소송이 시작되는 거 아닙니다. 다들 줄 서세요."

노형진은 다급하게 달려드는 사람들에게 소리를 질렀고, 기다리고 있던 변호사들은 미리 뽑아 둔 소장을 꺼내서 자리를 잡고 앉았다.

그리고 그중에는 서세영도 있었다.

"와, 이걸 이렇게 죽여 버리네."

자신에게 오는 사람들을 보면서 서세영은 혀를 내둘렀다.

자신이라면 이런 방법을 생각해 낼 수 있었을까?

'못 했겠지.'

서세영은 왠지 배울 게 엄청 많다는 생각을 하면서 손을 번쩍 들었다.

"여기 줄을 서세요!"

⚖️

무광민은 손이 바들바들 떨렸다.

세입자들이 일제히 주택에 대한 가압류를 걸어 버렸다.

그들 입장에서는 길바닥에 나앉을 수는 없으니 어쩔 수 없는 선택이었다.

그리고 그로 인해 모든 게 틀어졌다.

그렇잖아도 사기 소송 때문에 은행에서 대출 연장을 해 줄까 말까 한 상황이었는데, 담보가 된 주택에 대한 압류와 소송이 진행된 이상 절대로 연장될 리가 없다.

"아…… 안 돼……."

그는 정신이 아득해졌다.

그동안 재산을 늘리기 위해 얼마나 노력했던가?

그런데 그 모든 게 무너지고 있었다.

단순히 무너지는 게 아니다. 그동안 빌린 돈을 생각하면 재기는 불가능하다.

손이 바들바들 떨리고 눈앞이 노래졌다.

하지만 몰락은 그걸로 끝이 아니었다.

"형님! 형님, 큰일 났어요!"

다급하게 들어온 동생은 소리를 꽥 질렀다.

"이 미친 새끼들이 결국 일을 쳤습니다! 자기들끼리 새로운 단체를 만들었답니다!"

"뭐? 새로운 단체?"

"네! 상상동협의위원회라는 걸 만들었답니다."

"아니야, 아니야…… 이럴 수는 없어. 이럴 리가 없어……."

자신이 얼마나 노력했던가? 당연하게도 무광민은 작금의 현실을 부정하고 싶었다.

사기 소송이건 뭐건, 일단 집값만 올리면 된다. 그러면 주민들에게서 지지를 받을 수 있고, 그러면 재건축도 가능해지고, 그러면 천억대의 수익을 낼 수 있다. 그랬는데…….

"가자."

"어딜요?"

"어디긴! 그 쌍놈들이 모인 곳이지!"

한때 상상동재건축조합이 있던 자리.

그 입구에 걸린 나무 간판 옆에 오늘 하나의 간판이 더 붙었다.

상상동협의위원회.

목적은 간단했다.

대룡과 협상을 통해 보상을 받아 낸다.

당연하게도 기존의 상상동비상대책위원회와는 목적이 전혀 달랐다.

어떻게 해서든 개원을 방해해 돈을 뜯어내는 게 그들의 목적이었다면, 이들의 목적은 협상을 통해 적당한 타협점을 찾아내는 것이었다.

"오늘 상상동협의위원회의 발족에 앞서 도움을 주신⋯⋯."

한부원은 왠지 울컥했다. 수년간의 고생이 눈앞을 스쳐 지나갔다.

'드디어 재건축도 제대로 시작할 수 있겠구나.'

사실 같은 공간을 쓰는 건 노형진의 조언에 따른 것이었다.

노형진은 어차피 재건축조합이 하는 일도 없는 상황에서 공간 낭비할 이유도 없거니와, 동시에 두 공간을 함께 쓰면 마을 주민들이 두 집단을 동일시하게 되면서 나중에 조합 인가를 받을 때 더 유리할 거라고 조언해 줬다.

실제로 재건축될 것 같으면 여기저기 자칭 조합이라고 주장하는 놈들이 나타나서 서로 인가받기 위해 많이 싸운다.

인가받은 놈이 다 먹는 거니까.

하지만 이렇게 되면 한부원이 훨씬 유리한 조건으로 이길 수 있게 되는 거다.

"오늘 안건은……."

쾅!

그 순간 문이 부서질 듯 열리더니 무광민과 그 패거리가 들어왔다.

"누구 마음대로 협의야! 나는 인정 못 해!"

"저 새끼 저거!"

"저 미친 새끼가 감히 여기가 어디라고!"

주민들은 무광민을 보고 눈을 크게 떴다. 일부는 당장이라도 패 죽이고 싶은 듯 노려보았다.

그도 그럴 게, 위임장도 없이 설레발치다가 상상동의 이름을 더럽힌 놈이 아닌가?

더군다나 요즘 세입자들 이야기를 들어 보니 사기꾼이라고 한다.

당연히 그들은 무광민을 용서할 수가 없었다.

"야, 누가 저 새끼 좀 끌어내!"

"절대 안 돼! 누구 마음대로 새로운 위원회를 만들어! 인정 못 해!"

"지랄하지 말고."

시끄러운 상황. 그 상황에서 조용히 있던 노형진이 일어나서 한부원에게 눈짓했다.

한부원은 자리를 비켜 줬고, 노형진은 그가 쥐고 있던 마이크를 넘겨받아서 툭툭 쳤다.

그러자 마이크 소음이 울리고 모두의 시선이 노형진을 향했다.

"넌······!"

노형진을 보고 무광민은 눈이 돌아갔다. 이 모든 사태의 뒤에 노형진이 있다는 걸 알고 있었기 때문이다.

그는 당장이라도 달려들어서 노형진을 패 죽이고 싶었지만 자신을 노려보는 사람들의 시선에 그럴 수도 없었다.

"거기 무광민 씨. 당신이 무슨 권한으로 여기를 막죠?"

"뭐?"

"당신이 무슨 권한이 있어서 새로운 조직 창립을 막느냐이 말입니다."

"나는 상상동비상대책위원회 회장이야!"

노형진은 그 말에 피식 웃었다.

"네, 알죠. 근데 그거 비인가잖아요?"

"뭐?"

"여기 상상동협의위원회는 마을 주민들의 70%의 동의와 위임장을 받았습니다."

"그래서?"

"그런데 당신들에게는 뭐가 있죠?"

"그건……."

당연히 아무것도 없다.

물론 무광민도 위임장을 받기 위해 최근 여기저기 뛰어다녔다. 하지만 이미 뉴스를 통해 사기꾼에 마을의 이미지에 똥칠한 놈으로 소문이 다 났는데 그 누가 그에게 위임장을 써 주겠는가?

당연하게도 그가 가진 위임장의 비율은 고작 0.1%뿐이었다.

그마저도 평소 이권을 바라고 자신을 물고 빨아 준 사람들이 써 준 거다.

"저희 대룡은 정당한 위임장을 가진 협의회 측과 협상해야 합니다. 그리고 현재 정당한 위임장을 보유한 건 이쪽이죠. 반대하시고 싶다면 위임장을 받아 오시면 됩니다."

간단한 거다. 길게 말할 필요도 없다.

그저 대표성이 있으면 된다.

"아……."

하지만 무광민에게 대표성을 줄 사람은 이 안에 아무도 없다.

미치지 않고서야 누가 그에게 대표성을 주고 싶겠는가?

그제야 무광민은 이제 몰락만이 남았다는 사실을 절감했다.

털썩. 그는 자리에 주저앉았다.

하지만 그 누구도 그를 불쌍하게 보지 않았다.

도리어 속 시원한 얼굴이었다.

그 순간 뒤에서 누군가 무광민을 툭 쳤다.

무광민이 고개를 돌리자 거기에는 건장한 남자 두 명이 서 있었다.

"무광민 씨?"

"당신들…… 누구……?"

"경찰입니다. 사기 및 업무방해 혐의로 체포 영장이 나왔습니다."

체포 영장을 들이미는 경찰.

하지만 무광민은 그걸 볼 자신이 없어서 눈을 질끈 감았다.

하지만 눈을 감는다고 해서 그들이 사라지는 건 아니었다.

무광민은 그의 양팔에 두 경찰이 팔짱을 끼는 걸 느꼈다.

"같이 가시죠. 밖에 기자들이 많아서 수갑은 채우지 않겠습니다."

귀로 들리는 경찰의 목소리.

눈을 감고 있자 느껴지는 어둠이 무광민에게는 자신의 미래처럼 보였다.

"오빠, 이거 진짜 노린 거야?"

"노린 거지, 그럼. 우연이겠니?"

"아니, 애초부터 이게 계획이었다고?"

서세영은 무광민의 체포가 복수의 끝이라고 생각했다.

하지만 그 뒤의 결과는 그녀를 더 기가 차게 만들었다.

"응."

"헐."

"당연한 거지. 여기에서 매물이 어디 있겠니?"

이 동네에 매물로 나오는 곳은 없다.

애초에 있던 매물조차도 사라진 상황이었다. 대룡병원이 생긴다는 소문이 돌고 집값이 오르고 있었으니까.

장애인 전문 병원이 생긴다고 해도 결국 병원에 가기 위해 장애인들의 가족이 몰려들 건 사실이기에 상승분의 차이가 있을 뿐이지 집값이 오르는 건 확정이라 이미 매물은 부동산에서 싹 사라졌었다.

"그 상황에서 가족들을 위한 기숙사를 구하는 건 불가능하기는 하지만."

박상용은 혀를 내둘렀다.

집을 구해야 한다는 노형진의 말에 불가능하다고 생각했다.

그런데 구해졌다.

무광민이 망하자 그의 집이 모조리 매물로 나왔으니까.

해당 집들은 경매 과정을 거치기 시작했고, 대룡에서는 그걸 싹 다 거두어들였다.

아무래도 경매를 하면 원래 가격보다 떨어지는 것은 당연한 일. 그래서 대룡에서는 생각보다 싼 가격에 집을 구할 수 있었다.

어차피 2차 경매까지 가지 않을 걸 알기에 모든 집들이 1차 기일에 경매가 이뤄졌고, 은행에서 자신들의 채권을 우선 챙기고 남은 금액은 모두 세입자들에게 돌아갔다.

그래서 아슬아슬하게 세입자들의 보증금도 지킬 수 있었던 것.

영혼까지 털린 건 오로지 무광민과 그 아래에서 일하던 전문 시위꾼들뿐이었다.

그들에게는 업무방해에 관련된 손해배상 소송이 아직 남아 있으니까.

"회장님도 흡족한 모양이더군."

대룡장애인복지병원은 개원한 지 3일도 안 되어서 병실이 꽉 차 버렸다. 그동안 제대로 치료할 곳이 없었던 사람들이 구름처럼 모여들었기 때문이다.

아무리 큰 병원이라고 해도 개원하자마자 병상이 꽉 차는 경우는 없다.

하지만 절박했던 장애인 가족들 사이에 대룡장애인복지병원에 대한 소문이 이미 파다하게 나서 다들 개원하기만을 기다리고 있었던 터라 순식간에 자리가 찬 것이다.

"수익률도 안정적이라 회장님께서는 장기적으로 전국에 이런 병원을 만들 계획이라고 하시더군."

"손해 볼 일은 없으니까요."

비싸게 팔아먹을 수 있는 상품은 아니지만 그래도 꾸준하게 환자가 찾아올 수밖에 없는 구조.

대룡이라는 이름과 미국에서 가지고 온 선진 기술이라면 한국의 장애인 병원이 손해 볼 일은 없을 거다.

"더군다나 마을 주민들도 적당하게 협상해서 반발도 없고."

상상동 마을 주민과의 협상은 적당하게 이루어졌다.

일단 일반인의 입원은 불가능하지만 그래도 일반인을 대상으로 한 응급실과 중환자실은 운영하기로 한 것이다.

심적으로 비상시 대비할 수 있는 곳이 가까이 있다는 것만으로도 사람들에게는 안심할 수 있는 요소니까.

대룡장애인복지병원 입장에서도 손해는 아닌 게, 어차피 장애인 대부분은 만성 환자들이기 때문에 검사 장비를 그렇게 많이 쓸 일이 없기 때문이다.

그래서 응급실을 통해 자연스럽게 그 빈 시간을 채울 수 있게 된 것이다.

"애초에 목적이 검사 전문 병원이니까 목적에도 맞지요."

"그렇지."

종합병원에서 진단하고 다른 개인 병원에서 협의 치료를 통해 환자를 관리하는 것. 그게 대룡의 최종 목표인 만큼 가장 이상적인 형태로 운영되는 것이다.

"하여간 덕분에 살았네."

박상용은 흐뭇하게 웃었다.

"별말씀을요."

노형진도 마주 미소를 지었다. 그리고 서세영과 함께 병원을 나왔다.

그렇잖아도 몰려든 환자들 때문에 원장도 일해야 할 정도로 사람이 많았다.

얼마간 나란히 걷던 노형진은 문득 생각난 듯 툭 던지듯 서세영에게 물었다.

"많이 배웠냐?"

"아니."

"응? 왜?"

"그게, 범인은 천재가 설명하는 법은 이해를 못한다고 하더니 나는 진짜 이해가 안 가더라고. 도대체 그 정도로 보이는 게 말이 돼?"

"아니, 뭐."

노형진은 머리를 긁적거렸다. 그에게는 보이는 걸 어쩌란 말인가?

"몇 번 검토하고 또 검토해야 할 것 같은데."

"그래, 열심히 해."

노형진은 고개를 끄덕거렸다.

하긴, 한 번에 배우는 사람은 드물기는 했다.

"아, 그런데 오빠, 나 하나만 도와줄 수 있어?"

"뭘?"

"사건 하나가 들어왔는데……."

"사건? 벌써 사건 배당이 들어왔어?"

"응? 아니야. 나 상상동에서 주민 대상으로 소장 받을 때 들어온 건데, 이게 내가 보기에는 답이 없어서."

"그래?"

그 말에 노형진은 고개를 갸웃했다.

자신만큼은 아니라고 해도 서세영은 충분히 유능한 변호사다. 경험은 짧지만 자신에게도 배웠고 새론의 사건 기록도 오래 공부했다. 그래서 일반적인 경우는 대부분 해결할 능력이 된다.

"하지만 이건 좀 그렇더라고."

"어디 보자…… 사건 기록 있어?"

"여기."

미리 준비한 듯 서류를 건네주는 서세영.

노형진은 그걸 받아 들고 대충 읽더니 살짝 고개를 끄덕거렸다.

"확실히 이건 일반적이지는 않네. 이건 아직 사기라고 볼 수도 없는 상황이니까."

"그러니까."

아마 이 사건에 대해 대부분의 변호사들은 대책이 없을 거다.

애초에 경찰이나 검찰 그리고 법원조차도 이걸 사기로 인식하지도 못하고 있을 테니까.

"이거 재미있겠는데?"

노형진은 자료를 보면서 씩 웃었다.

그렇잖아도 이런 유의 사건이 폭증하고 있는 상태였다.

"새로운 시스템을 하나 만들어 봐야겠네. 오늘은 네가 운전해. 나는 가면서 읽어 보게."

그렇게 말하는 노형진은 서류에서 눈을 떼지 못했다.

사기인데 사기가 아니라니?

노형진은 새론으로 들어오자마자 사람들을 모았다.

그리고 서세영에게서 받은 사건을 복사해서 넘겨줬다.

"확실히 이건 애매하네요."

고연미 변호사는 눈을 찡그리며 말했다.

"확실히 그렇군. 사기라고 보기에는 애매해. 그런데 상대방을 속일 목적성은 확실하단 말이지."

"그런데 또 이게 합법이네요. 강매? 아니죠. 강매라고 보기도 그래요. 일단 당사자가 동의하에 계약한 거니."

고연미뿐만이 아니라 김성식과 무태식조차도 새로운 유형에 혀를 내둘렀다.

"이게 상상동에서 들어온 거라고?"

"네. 제가 거기서 사건을 접수할 때 피해자분이 찾아왔어요."

피해자는 신혼부부였다.

주변 변호사들을 찾아다니다가 다들 방법이 없다고 하자 반쯤 포기했던 상황에서, 대룡에서 주민들을 대상으로 사건을 접수하기 시작하자 혹시나 하는 기대감에 온 것이다.

물론 소장을 받기 위해 열어 둔 창구였지만 일반 사건을 접수하지 말라는 말은 없었기에 서세영은 사건을 들어 보고 이건 아무래도 답이 없다 싶어서 노형진을 찾은 거고 말이다.

"네, 이건 현재의 법 시스템에서는 합법의 영역 안에 있으니까요."

"그건 그렇지. 그런데 이런 방식이면…… 피해자가 한둘이 아니겠는데?"

"그렇잖아도 지금 확인 중인데, 고문학 정보팀장의 말로는 최근 들어 이런 방식의 거래가 폭증하고 있다고 합니다."

"쯧쯧, 역시 범죄는 빠르다니까."

혀를 끌끌 차는 김성식이었다.

"그나저나 이 사건을 어떻게 해야 할지 모르겠군."

해당 사건의 방식은 간단했다.

새로 빌라를 올리고 전세로 내놓는다. 그렇잖아도 전세 매물이 부족한 한국인지라 전세는 금방 나간다. 여기까지는 문제가 없다.

문제는, 이 전세가 끝난 후에 이사를 가려고 할 때 발생한다. 세입자가 이사를 가려고 해도 집주인은 돈이 없다고 배째라고 해 버린다.

문제는 그게 불법은 아니라는 거다.

2년이라는 전세 기간을 생각하면 집주인이 그사이에 망했을 수도 있는 거니까.

그러면 어떻게 되느냐? 세입자는 그 집에 압류를 걸고 경매와 판매를 통해 보증금을 반환받으려고 한다.

"여기까지는 정상인데 말이지."

"네, 여기서부터 장난질이죠."

그런데 경매를 확인하는 과정에서 제대로 된 집값이 도출되는 순간 문제가 생긴다.

경매하는 곳에서는 정상적인 과정을 거쳐서 그 집의 가치를 판단한다.

이번 사건의 경우 그쪽에서 정한 해당 신축 빌라의 가치는 대략 2억 3천만 원.

"그런데 전세 가격이 3억이란 말이지."

"제대로 속은 거죠."

신축 빌라를 계약할 때 전세가 3억이라고 해서 그 돈을 내고 들어왔는데 빌라 가치는 3분의 2 수준이다.

더군다나 이 가치는 경매 이전에 정상가를 판단하는 기준이고, 경매를 통해 판매되면 가격은 더 떨어진다.

"그러면 피해자인 세입자의 유일한 선택지는 그걸 낙찰받는 것뿐이죠."

낙찰받아서 상계하고 그걸 부동산을 통해 내놔야 한다. 그러지 않으면 경매를 통해 값어치가 얼마나 더 떨어질지 모르니까.

하지만 아무리 낙찰받아서 판다고 해도 2억 3천만 원짜리 빌라를 3억에 살 사람은 없다.

즉, 세입자는 어떤 방식으로든 7천만 원을 손해 보는 구조가 되어 버리는 것.

"더군다나 요즘은 전세 매물이 워낙 귀하지 않습니까?"

"그렇지. 요즘은 전세가 귀해서 대부분 전세라고 하면 덥석 물지."

김성식도 요즘 시장을 알기에 고개를 끄덕거렸다.

"아무래도 부동산 시장이 워낙 들쑥날쑥하니까요."

"쉽게 말해 법을 이용해서 강매하는 건데. 그것도 터무니없이 비싼 가격으로 말이야."

보통 전세를 구하는 사람들은 주변의 시세에 대해 민감하지 않다. 어차피 돌려받을 돈이라고 생각하기 때문이다.

더군다나 비교해 보고 싶어도 애초에 전세 매물 자체가 워낙 적은 데다가 신축이라면 아무래도 가격이 더 높은 게 정상이기도 하다.

"거기다가 요즘은 깡통 전세도 많지 않습니까?"

"그건 그렇지."

깡통 전세란 집값이 오를 걸 기대하면서 무리해서 집을 산 사람들이 그 비용을 충당하기 위해 전세를 주는 걸 말한다.

가령 집값이 10억이면 대출받아서 집값을 내거나 전세를 승계받는 조건으로 1억만 내고 거래하는 거다.

그러면 1억이면 집을 사니까.

문제는 이 사람이 돈이 있어서 그걸 산 게 아니라 전세금을 빚을 갚는 데 쓰거나 전세를 승계받아서 집을 산 것이기 때문에 세입자가 나가려고 해도 줄 돈이 없다는 거다.

물론 전세가 드물기 때문에 전세로 집을 내놓으면 다음 세입자를 받는 게 어려운 일은 아니다.

하지만 집값이 폭락하거나 어떤 문제로 경매 등을 통해 매각되면 그때는 난리가 난다.

요즘은 전세 가격이 너무 올라서 거의 집값 수준이다. 투자 차원에서 무리해서 집을 사는 사람들이 많기 때문이다.

근데 집값이 폭락해서 10억짜리 집이 7억이 된다면 어떨까? 전세가가 8억인데 말이다.

의외로 그런 경우가 많다. 그런 전세를 깡통 전세라 한다.

'실제로 한국에서 그런 곳들이 좀 있지.'

부동산 대폭락 시기에 집값 하락으로 전세가가 집값보다 비싼 경우도 상당히 많았다.

"문제는 그게 불법이 아니라는 거군요."

"맞아. 불법이 아니지. 시장의 변동성 때문이니까. 그리고 이건 그걸 이용해서 상대방을 속이는 거고."

일단 전세로 거래를 했고, 그래서 계약 기간 동안 살았다.

법적으로 문제가 없었기에 계약 기간이 지난 시점에서 사기라고 고소를 넣어 봐야 성립되지 않는다.

사기가 성립되기 위해서는 상대방을 속일 의사가 확실하고, 그로 인해 피해가 발생해야 하며, 그 과정에서 고의성이 명확해야 하기 때문이다.

"문제는 이 고의성이군."

"네."

집주인은 그냥 변동성 때문에 가격이 떨어졌다고 주장하면 그만이다.

만일 다중 계약 등을 통해 세입자가 살 수 없는 상황이었다면 사기가 성립되겠지만, 이미 집주인은 계약 기간 동안 살 수 있게 해 줬고 그럼으로써 그의 의무는 다한 거다.

"이건 법원에서 사기로 안 나와."

의무를 다했으니까. 절대로 처벌받지 못한다.

"그에 반해 세입자는 억 단위 손실을 입네요."

그럴 수밖에 없다.

보통 이사를 나갈 때는 미리 방을 구하고 계약금을 내는데, 이사를 못 가게 되었으니 그 계약금을 날리게 되는 거다.

"더군다나 다른 문제도 있죠. 이사라는 게, 살 만하면 굳이 할 이유가 없으니까요."

만일 직장도 그대로고 생활에 문제가 없다면 굳이 이사를
나갈 이유가 없다. 그런데 직장을 옮긴다거나 해서 이사를 가
야 한다면, 이사를 못 가게 되면 출퇴근부터 걱정해야 한다.

"그리고 이런 집이 제대로 지어졌을 거라고 기대하기도 힘
들고요."

"하긴, 그렇군."

사기에 가까운 방식으로 팔아먹을 생각을 하고 짓는 집이
다. 어차피 상대방을 속이려고 하는 상황에서 그 집을 제대
로 지을까? 아마 날림 공사에 싸구려 자재를 쓸 거다.

"여름에 환기도 힘들 테고, 단열도 안 될 테고, 겨울에 결
로 현상이 발생할 가능성도 높죠."

즉, 계약 기간 동안 살아 보니 이게 도무지 사람이 살 만한
집이 아니다 싶어서 나가려고 하는 사람들도 분명 있을 거다.

"처음부터 사기를 칠 목적으로 집을 짓는다고?"

서세영은 노형진의 말에 깜짝 놀라서 물었다.

"그래, 그럴 가능성이 높아. 기존에 있던 주택은 이런 사
기를 치기가 힘들거든."

아무래도 주변 시세라는 게 있으니까.

물론 속이려고 하면 못 할 것은 아니지만 그래도 이런 사
기를 치기 힘든 게 사실이다. 그리고 집주인이 그렇게 해 줄
이유도 없다.

"더군다나 이런 방식의 사기는 이제 막 새로 생긴 타입이야."

"아마도 깡통 전세 사건들을 보면서 만들어진 거겠지."

"그럴 겁니다."

그러나 기존 주택에서 사기를 치기에는, 그간 쌓여 있던 기록이 너무 많을 수밖에 없다.

"그래서 너무 머리가 아프더라고. 사기는 안 될 것 같고, 손해배상을 청구하자니 그것도 힘들 것 같고, 집주인도 개털이고."

"그래서 기존 건물은 안 된다는 거야."

전세 자금을 주지 않으면 그것도 결국은 돌려받을 채권이다. 당연히 이 집을 팔아도 돈이 안 되면 기존 집주인의 집을 팔아서라도 받을 수 있다.

그래서 정상적인 집주인이라면 이런 사기를 못 친다. 자기가 사는 집도 날아갈 게 뻔하니까.

"당연히 이런 사기에 나서는 집주인은 개털이야."

피해자들은 돈을 돌려받으려고 했다.

하지만 주인은 배 째라를 시전했다.

당연히 소송이 진행되었고, 진실을 알았을 때 피해자들은 충격을 받았다. 집주인의 주소가 바뀌었으니까.

이사야 얼마든지 했을 수 있다. 하지만 원래 아파트에 살던 사람의 주소가 갑자기 지하의 원룸이란다.

아니, 원룸이라고 하기도 애매하다. 제대로 표현한다면 쪽방이라는 단어가 어울릴 거다.

아니나 다를까, 부족한 부분을 메꿔 줄 재산 자체가 없었다.

"대부분 이런 집들은 바지 사장, 아니 바지 주인을 내세우거든."

더 이상 잃을 게 없는 사람, 바닥에 처박힌 노숙자 같은 인간들을 내세우면 그걸로 끝이니까.

그래서 처음부터 아예 사기를 목적으로 집을 짓는 경우도 엄청나게 많다.

"그래서 어쩔 줄 몰라 하더라고요. 일단 저도 알아본다고 하기는 했는데……."

"흠……."

다들 사건 기록을 보면서 눈을 찡그렸다.

오랜 변호사 생활에도 이건 답이 보이지 않았으니까.

"이사의 이유는?"

"어, 자세하게는 안 물어봤는데."

"그래, 그러면 가서 한번 대화해 봐야겠네."

노형진의 말에 김성식이 반색했다.

"자네에게는 이걸 해결할 방법이 있다는 건가?"

"있죠. 기존의 규칙에서 벗어난 것이긴 하지만 애초에 이 사기도 기존 사기 방식하고 다르니까요."

"그렇단 말이지? 이거 우리 회사가 한차례 성장할 기회로 군."

고문학의 말에 따르면 이런 타입의 사건이 폭증하고 있다고 했다. 그런데 이걸 새론에서 해결할 수 있다면?

당연히 전국에서 이런 사건의 피해자가 몰려들 것이다.

"가능하다고?"

이번만큼은 방법이 없다고 생각했던 서세영도 깜짝 놀랐다.

"이건 법원도 사기라고 안 할 텐데?"

노형진은 그런 서세영의 반응에 피식 웃으며 말했다.

"변호사 철칙 첫 번째. 법원도 경찰도 검찰도 믿지 말 것."

"헐."

"변호사가 믿을 건 자신뿐이야. 그리고 난 이걸 해결할 수 있지."

노형진은 자신 있게 말했다.

"이사의 원인이 못 살 정도로 환경이 안 좋아서라고요?"

"네."

그 집의 현재 세입자는 조원호 남애주 부부였다.

"저희는 신축 모습에 반해 들어왔죠."

이것이 법이다

2년 전 결혼한 두 사람은 살 집을 구하다가 깔끔하게 지어진 신축 집을 보고 반해 그곳을 계약했다.

하지만 채 한 달도 되지 않아서 후회하기 시작했다.

"건물이 날림도 그런 날림이 없더라고요."

옆집에서 대화하면 그 소리가 다 들린다. 위에서 청소기라도 돌리면 온 건물이 쩌렁쩌렁 울린다. 겨울에는 결로가 생기고 여름에는 푹푹 찐다.

겉만 멀쩡했지 집은 완전 날림이었다.

"거기다 애까지 생기고……."

슬슬 배가 나오기 시작하는 아내를 바라보는 조원호.

"그래서 여기서는 더 이상 못 살겠다 싶더라고요."

그래서 집을 옮기려 하다가 상황이 이 지경이라는 걸 알아차린 것이다.

"역시나 그렇군요."

예상대로였다.

애초에 사기를 칠 목적으로 건물을 대충 지은 것이다. 건물을 대충 지을수록 자기들이 얻는 수익은 더욱 높아질 테니까.

"경매하자니, 법원 말로는 지금 상황으로는 저희 전셋값의 절반도 안 나올 거라고 하고."

그렇잖아도 경매에 들어가면 가격이 떨어지는데 건물 상태까지 개판이니 경매가 될 리가 없다.

경매할 때는 법적으로 하자가 있으면 고지해야 한다.

그런데 '층간 소음 심함. 단열 안 됨. 결로 심함.'이라고 써
둔 물건을 과연 누가 사겠는가?

"집주인은 뭐라고 하던가요?"

"배 째라고 하죠. 자기는 돈 없대요."

"예상대로군요."

상대방 입장에서는 어차피 줄 돈이 없으니 배 째라고 하면
그만인 거다.

게다가 그 작자가 지금 살고 있는 곳도 작은 쪽방이다. 추
락해 봐야 더 이상 추락할 곳도 없는 인생이니까 그냥 막 나
가는 거다.

"다른 변호사들도 찾아다녀 봤는데 다들 방법이 없다고,
일단 경매하고 기다리라는데……."

변호사들 입장에서는 딱 그 정도가 한계일 거다.

"다 포기하고 있는데 새론에서 접수창구를 열어서 혹시나
해서 간 거였어요."

물론 그들은 무광민의 피해자는 아니었지만 그래도 혹시
나 하는 마음에 찾아간 것이었다.

"좋습니다. 이 사건은 저희가 해결해 드리지요."

"네? 해결이 가능하다고요?"

그 말에 도리어 조원호와 남애주가 놀랐다.

다른 변호사들은 이걸 해결할 방법이 없다고 했으니까.

"물론 쉽지는 않습니다. 하지만 최선을 다해서 해결하겠

습니다."

"제발 부탁드립니다. 진짜 저희, 저딴 집에서 우리 아기 못 키워요. 어른도 미칠 판국인데 애들을 어떻게 키웁니까?"

애가 울기라도 할라치면 온 빌라 주민들이 와서 난리를 칠 판국이다.

"아, 그러면 다른 주민들은 어떤가요?"

"네?"

"신축 빌라였잖아요? 다른 주민들도 비슷하게 입주하지 않았습니까?"

"아, 그랬죠."

"이 상황에 대해 대화해 보셨나요?"

"아니요. 사이가 안 좋아서……."

"하긴, 그렇겠네요."

그렇게 단열도, 소음 차단도 안 되는 집이라면 당연히 주민들끼리 갈등이 생길 수밖에 없다.

'아주 개판이라니까.'

노형진은 혀를 끌끌 찼다.

왜냐하면 이 소음 같은 건 주민의 잘못이 아니라 그렇게 지은 업자의 잘못이기 때문이다.

층간 소음을 줄일 방법이 없는 건 아니지만 업자들이 돈을 아끼기 위해 그 방법을 쓰지 않은 거다.

대형 기업들도 그 지랄인데 사기꾼이 과연 그걸 신경이나 쓸까?

'그럴 리가 없지.'

노형진은 고개를 흔들었다.

"일단 같이 해야겠네요."

"같이요?"

"어차피 소송할 거라면 그게 낫지 않겠습니까?"

노형진의 말에 조원호는 고개를 끄덕거렸다.

"제가 일단 찾아가서 이야기해 볼게요."

"네, 날 잡아서 한꺼번에 이야기를 진행하지요."

조원호는 날을 잡아서 사람들을 모았다.

사이가 좋지는 않았지만 그래도 이 문제에 시달리지 않은 사람이 없기에 다들 만나기로 한 장소로 찾아왔다.

그리고 그곳에서 들은 이야기는 가관이었다.

"자네도 소송 중이었나? 미치겠네, 진짜."

머리가 **빡빡** 까진 남자 한 명이 조원호에게서 사정을 듣고 동병상련의 상황이라고 말했다.

"아니, 그게 무슨 소리야? 새댁, 우리가 사기당한 거라니?"

아직 상황을 잘 모르는 어떤 여자는 남애주를 붙잡고 허둥

거렸다.

"피해자가 무려 서른 가구네요."

빌라는 5개 층으로, 한 층당 두 집씩 3동짜리였다.

즉, 한 동당 열 가구가 있고 총 서른 가구가 피해를 입은 거다.

이웃끼리 서로 왕래하는 시대도 아닌 데다가 이런저런 문제로 싸워서 사이가 좋지 않아 서로에 대해 잘 몰랐는데, 알고 보니 다들 상황이 심각했다.

어떤 집은 이미 소송 중이었고, 어떤 집은 집주인을 찾는 중이었고, 어떤 집은 이사를 위해 다른 집을 알아보고 있는 중이었다.

공통점은 모두 이사하려고 벼르고 있다는 거다.

"자 자, 집중하세요."

서세영은 소란스러운 상황을 정리하며 사람들을 환기시켰다.

"현재 상황을 말씀드릴게요. 현재 여러분들이 당한 상황은 신종 사기라고 볼 수 있습니다."

노형진이 사람들 앞에 설 줄도 알아야 한다면서 직접 설명하라고 시켰기에, 서세영은 차분하게 사람들에게 현재 상황을 설명해 줬다.

"소송해도…… 못 이긴다고요?"

"네, 그렇습니다. 현재 상황으로는 법적으로 이길 수가 없어요."

틸썩. 몇몇 사람은 주저앉고 어떤 사람은 반쯤 영혼이 나갔다.

"진짜……입니까?"

"진짜입니다. 물론 이건 어디까지나 형사고요, 민사의 영역은 좀 다릅니다."

"그러면 민사로라도……."

"문제는 그거예요. 조원호 씨가 찾은 집주인의 상황을 들어 보면, 설사 이긴다고 해도 여러분들이 받을 수 있는 재산은 전혀 없다고 봐도 과언이 아닐 겁니다."

"아…… 안 돼……."

"망했어. 난 망한 거야."

다들 절망하는 분위기.

그런 상황에서 서세영은 노형진에게 눈짓했다.

그러자 노형진이 앞으로 나왔다.

"물론 방법이 없는 건 아닙니다."

"방법이 없는 건 아니라니요!"

"이런 사건은 기본적으로 집주인이 아니라 부동산 업자와 건축 업자가 같이 치는 사기입니다. 당연히 그걸 입증할 수 있다면 그에 따른 배상을 받으실 수 있습니다."

"아니, 그 새끼 돈이 없다면서요!"

"아니요. 집주인이 아니라 건축 업자와 부동산 업자에게서 말입니다."

"네?"

"부동산 업자에게는 중개에 따른 책임이 있다는 거, 다들 아시죠?"

법적으로 문제가 된다면 부동산 업자는 그에 대한 배상을 해야 한다. 그리고 그 가액은 1억.

그건 부동산 업자가 아니라 부동산 협회에서 보험으로 가입하게 되어 있다.

"다만 그건 건당이기 때문에 여러분들은 각자 개별적으로 소송해야 합니다."

만일 이걸 묶어서 소송하면 부동산 협회는 통째로 1억만 주고 말려고 할 게 뻔하다.

"아!"

"그러니까 여러분들은 이번 사건에 대해 모두 소송 의뢰해 주시기 바랍니다."

확실히 1억이면 사기의 손실을 어느 정도 메꿀 수 있다.

물론 완벽하게는 메꾸지 못하지만, 그래도 최소한 다른 곳에 방을 구할 정도의 돈은 된다.

"다들 여기 사인해 주세요."

금방 몰려드는 사람들.

새론에서 파견된 직원들은 그들에게서 소장을 받기 시작했다.

뒤에 서서 지켜보던 김성식은 걱정스럽게 물었다.

"그런데 말이야, 진짜로 이거 이길 수 있는 거 맞지?"

"맞습니다. 걱정하지 마세요. 후후후."

이미 노형진의 머릿속에는 계획이 확실하게 서 있었다.

⚖️

노형진은 집주인을 찾아갔다.

아니, 건물주라고 표현하는 게 맞을 거다.

그도 그럴 게 빌라 세 동 모두 그 여자 소유였으니까.

하지만 빌라를 세 동이나 소유한 건물주인 원정미는 작은 쪽방에서 살고 있었다.

"기분이 묘하네, 오빠."

"응? 왜?"

"오빠네가 안 도와줬으면 나도 이런 데서 살지 않았을까?"

작은 쪽방들을 지나가면서 서세영은 그렇게 말했다.

노형진은 그런 서세영의 머리를 슥슥 문질렀다.

"아니야. 넌 잘살았을 거야."

"그럴까?"

"그럼. 내가 확신하지."

그렇게 몇 개의 쪽방을 지나 계속 안으로 들어가자 원정미가 있는 쪽방에 도착했다.

노형진은 심호흡을 한번 하고 문을 쾅쾅 두들겼다.

"원정미 씨 계십니까?"

"……."

"원정미 씨, 계십니까? 노형진 변호사라고 합니다. 상상동 빌라 때문에 왔습니다."

"……."

"안 나오시면 열고 들어갑니다?"

"……."

하지만 안에서는 아무런 말도 없었다.

얼마간 기다리던 서세영은 노형진에게 물었다.

"오빠, 아무도 없는 거 아냐?"

"있을걸."

노형진은 어깨를 으쓱하더니 목소리를 높였다.

"원정미 씨, 이 쪽방 보증금도 압류 대상이라는 거 아십니까? 만일 계속 문을 열지 않으신다면 이 쪽방 보증금을 압류하겠습니다."

그러자 그 순간 '철컥' 소리와 함께 문이 살짝 열렸다.

"원정미 씨?"

"미안해요……. 그런데 내가 돈이 없어."

기어들어 가는 목소리.

노형진은 그런 그녀에게 조용히 말했다.

"일단 자세하게 이야기를 나누시지요. 나오세요. 그곳은 이야기할 만한 곳이 아닌 것 같으니까."

2평이나 될까 싶은 작은 공간.

그곳에서 세 사람이 앉아 대화를 나누는 것은 불가능했다.

"그게…… 나는 못 나가요."

원정미는 기어들어 가는 목소리로 말했다.

그 말에 노형진은 살짝 목소리를 높였다.

"그러면 여기를 압류하겠습니다. 여기에서 나가면 더는 가실 곳도 없을 텐데요?"

"그게……."

원정미는 떨리는 목소리로 말했다.

"미안해요. 그런데 진짜로 나갈 수가 없어요……. 내가 이래서……."

그녀는 조심스럽게 문을 열었다.

'끼이익' 소리와 함께 문 너머로 50대 후반의 여자가 보였다.

그런데 그녀의 두 다리가 있어야 할 곳은 텅 비어 있었다.

"아……."

노형진은 고개를 푹 숙일 수밖에 없었다.

⚖

노형진은 원정미를 결국 쪽방에서 데리고 나왔다.

서세영을 보내서 휠체어를 사 오라고 하는 것 말고는 방법이 없었다.

두 다리 모두 없는데 휠체어마저 없었으니까.

그녀는 평생을 갇혀 살았는지 얼굴이 창백하기 그지없었다.

밖으로 나오자 그녀는 사람들의 시선을 거북스러워했다.

하긴, 두 다리가 없으니 당연한 거다. 사람들은 끊임없이 그녀를 힐끔거렸다.

"지금 상황 아십니까?"

"그게……. 알아요. 아는데…… 돈이 없어요."

"이미 알고 있습니다."

안 봐도 뻔하다. 두 다리가 없으니 그녀는 제대로 된 삶을 살 수 없었을 거다.

하루하루 먹고사는 게 힘들었을 테고, 그런 그녀에게 사기꾼들이 접근했을 거다. 그리고 생존이 불가능한 그녀를 속여서 명의를 빌리고 다른 사람들에게 사기를 쳤을 것이다.

"왜 국가 지원을 포기하고 그놈들이랑 일하신 겁니까?"

"네?"

"다 알고 온 겁니다. 이런 상황이라면 국가의 지원을 받으실 수 있었을 텐데요?"

나이도 오십이 넘었고 두 다리도 없다. 사실상 노동력이 상실된 거고, 그런 사람은 국가 지원 대상이다.

그런데 사기에 동의해서 집을 자기 명의로 해 버리는 바람에 지원도 못 받게 되었을 거다.

"그게……."

"제대로 이야기해 주셔야 합니다. 이건 심각한 문제입니다."

　보아하니 상황이 절박해 보이기는 하지만 그래도 사기에 협조했다는 건 심각한 일이다.

　그러나 곧이어 들려오는 원정미의 말에 노형진과 서세영은 긴 한숨만 내쉬어야 했다.

"자식이…… 있어요."

"네?"

"아들이 두 명……."

"네에?"

"이런 씨입…… 후우……."

　서세영은 그 말에 놀라서 입을 쩍 벌렸고, 노형진은 속에서 저절로 욕이 튀어나왔다.

'안 봐도 뻔하네.'

　정부 지원은 그 대상의 생계가 곤란할 때에만 가능하다. 그런데 자식이나 부모 등 가족이 있는 경우는 해당되지 않는다. 보호자가 있기 때문이다.

　문제는 그 보호자가 보호하기 싫어할 때다.

"혼자 사신 지는 얼마나 되셨습니까?"

"그…… 한 5년 정도……."

"두 아드님은요?"

"……."

"말하세요. 제가 알아내려고 하면 못 알아낼 것 같습니까?"

어쨌거나 어머니라는 걸까? 혹시 아들들에게 위해가 갈까 두려워서 말을 하지 않을 수도 있었기에 노형진은 살짝 압박을 가했다.

이런 걸 하는 걸 원하지는 않지만 때로는 어쩔 수 없는 일이다.

실제로 버려진 부모들이 자식에게 피해가 갈까 걱정되어 신상이나 자식에 대해 말하지 않는 건 흔한 일이었다.

"저, 필요하면 다 알아낼 수 있습니다. 이미 원정미 씨 개인 정보를 다 아는데 아드님들 정보라고 못 찾을 것 같습니까? 제가 한번 아드님들 인생을 조져 볼까요? 저, 그 정도 힘은 있습니다."

"오빠."

"가만히 있어."

서세영은 노형진의 강한 말에 깜짝 놀라서 말렸지만, 노형진은 단호하게 말했다.

"지금 협조하시지 않는다면 진짜 아드님들도 길바닥에 나앉게 하겠습니다."

“미안해요.”

“그래서 아들들은 뭐랍니까?”

“결혼하고 나서는…… 그…….”

상황은 간단했다.

두 아들은 결혼하고 나서 그녀를 모시기를 꺼렸고, 양쪽
다 못 모시겠다고 하다가 그냥 내다 버린 거다.

그런데 법적으로 아직 두 아들이 있으니 정부 지원을 받지
못했던 원정미는 살아야 하니까 어쩔 수 없이 사기꾼들에게
협조한 것이다.

“갑갑하네요, 진짜.”

예상에서 한 치도 틀리지 않는 상황이었다.

“미안해요.”

원정미는 아무런 말도 못 했다.

자신은 가진 게 없다. 그렇다고 아들들에게 돈을 달라고
할 수 없다는 것도 안다.

그녀가 할 수 있는 건 그냥 미안하다는 말뿐이었다.

“오빠, 어떻게 해?”

“뭘 어떻게 해? 바뀐 건 없어.”

바뀐 건 없다. 애초에 원정미에게 돈을 받으러 온 것도 아
니었다.

‘아니, 이러면 차라리 잘된 거지.’

상대방은 죄책감을 느끼고 있다. 다만 그걸 돌이킬 능력이

없을 뿐.

즉, 노형진이 기회를 준다면 기꺼이 그 기회를 잡을 사람이라는 거다.

"원정미 씨."

"네."

"혹시 돈 벌어 보실 생각 없습니까?"

"네?"

노형진의 제안에 원정미는 눈을 크게 떴다.

다음 권으로 이어집니다

망한 가문의 검술 천재가 되었다

소구장 퓨전 판타지 장편소설

역사에서도 잊힌 비운의 검술 천재
최강의 꼰대력으로 무장한 채
후손의 몸으로 깨어나다!

만년 2위 검사 루크 슈넬덴
세계를 위협하던 마룡을 물리치며
정점에 이른 순간

이대로 그냥 죽어 다오, 나를 위해서.

라이벌인 멀빈 코넬리오에게 목숨을 잃……
……은 줄 알았는데,
200년 후의 몰락한 슈넬덴가에서 눈뜨다!
가족이라고는 무기력한 가주, 망나니 1공자뿐
망해 버린 가문을 살리기 위해
까마득한 조상님이 팔을 걷었다!

설풍 같은 검술, 그보다 매서운 독설로
슈넬덴가를 정점으로 이끌어라!